ZUIHAO DE FENGJING
ZAI LUSHANG

最好的风景
在路上

唐城景 ◎ 著

中国言实出版社

目 录|contents

天涯再会

2013 年 9 月 23 日，我在异国他乡与你不期而遇。

你穿鲜艳的绿裤子米色大孔短袖针织衫，站在高高的地铁站入口，映着缀满星光的苍穹，在震天彻地的喧嚣声中微蹙眉梢，长发飞舞间眼角一点点迷茫一点点无措还有更多一点的疲惫。

站立在你身边的是体积几乎比你还大的黑色旅行箱。

拉锯在你我之间的是一级又一级数不清的台阶。

大批的少男少女刚刚结束了节日的狂欢，蹦跳着张扬地拾级而下，欢唱着调笑着，男孩朝气蓬勃女孩妆容精致，他们青春而又热闹，只有拎着大大旅行箱的你艰难地追随着同伴坚毅的脚步往下腾挪，战战兢兢，小心翼翼，与周遭欢愉的气氛格格不入。

我挑挑嘴角，不屑。

这样软弱无力的你为什么要来到如此遥远的国度，为什么不一如既往老老实实宅在家里，为什么甚至不肯向周遭示弱请别人帮个忙，为什么明明狼狈不堪却仍要谨守那份业已捉襟见肘的骄傲。

看，受苦了吧；看，丢人了吧；看，后悔了吧。

那为什么还要迈出最初的那一步，为什么不肯示弱，为什么不肯回头？

你咬着下唇，不肯言语。

不……

其实原因我知道——你，渴望改变。

你不愿一边艳羡别人的恣意人生，一边将自己禁锢在狭窄陈旧的井壁内与幻想相拥取暖，你不愿一直站在世界的边缘做一棵无关紧要无足轻重的杂草，你不愿单单为虚幻的悲欢离合尘世浮沉落泪心伤，你想走出桎梏、打破惯常、摆脱昨日、踏上征途，你想要做故事里的参与者，想要为自己的悲而悲为自己的喜而喜，你想要与这个世界十指相抵而非被尘世埋藏——

你想要改变。

想要改变，是好事。

然而，想要改变就要勇敢地迈出第一步，还有第二步第三步……哪怕身心疲惫，哪怕狼狈不堪，哪怕速度缓慢，哪怕泪长流足染血肠悔断也要坚定地走下去。

漫长的岁月，你已经厌倦了波澜不惊。

短暂的年轻，你已经懂得了乘风破浪。

我懂，我知道。

向前一步是新生，退后一步是命运。

去吧，打破桎梏，感受一下天广地阔山高水长。

去吧，去远方看看，寻找更好的自己。

去吧，不要犹豫，不要回头。

去吧，即刻启程。

去吧，我与你——

天涯再会。

第一站

梦境之城——巴塞罗那

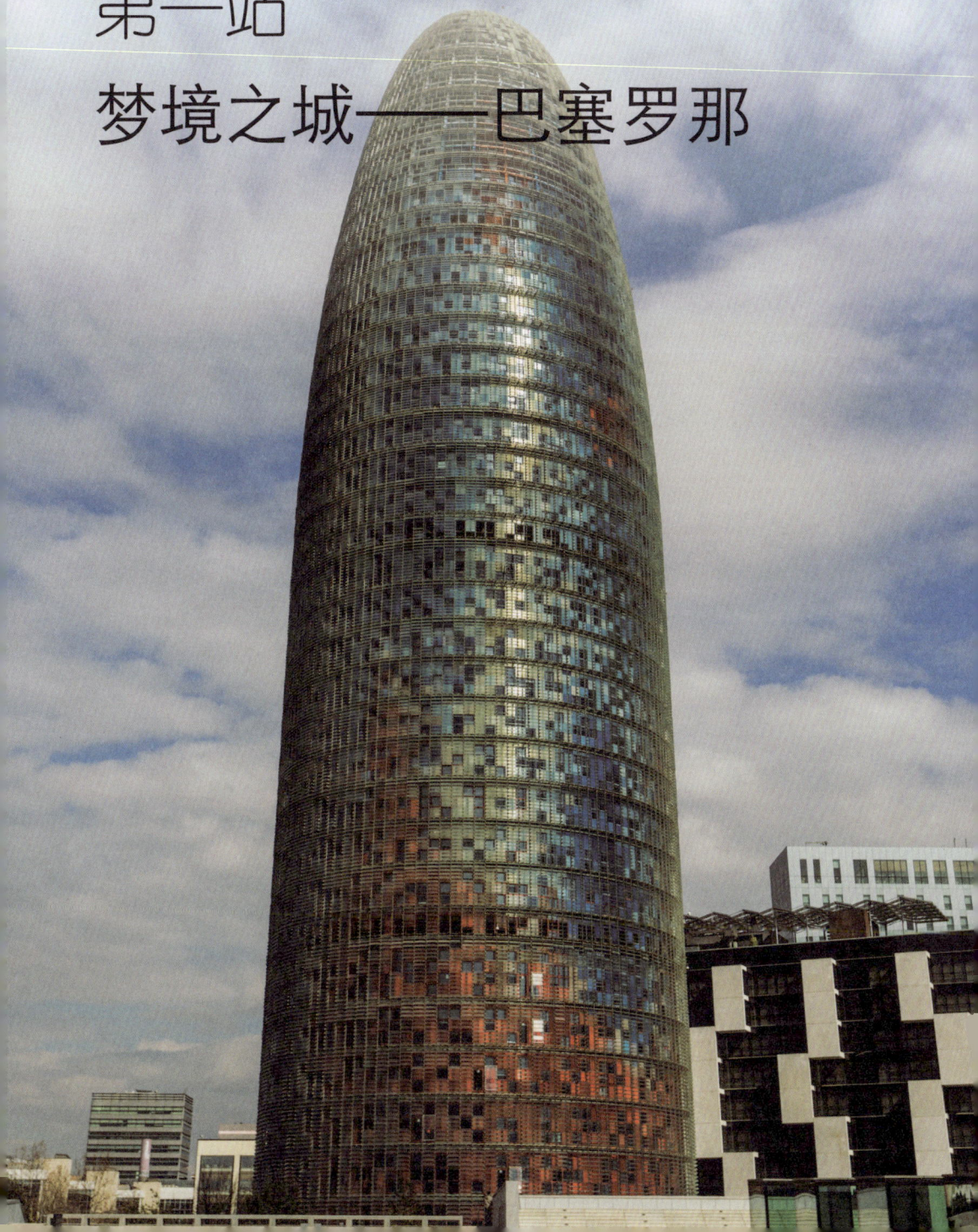

处处开满太阳花

2013 年 9 月 24 日巴塞罗那的太阳赖了床，都快上午十点了才姗姗来迟。

天光透过薄薄的窗帘洒进来，墙上一幅涂鸦也被笼上了氤氲柔和的光晕，那是一只色彩艳丽的大鸟，到现在我都偏执地认为它是一只凤。

凤凰涅槃，不痛不重生，如你我这般于大千世界苦苦挣扎万里跋涉的芸芸众生。

睡在下铺的夫妻小声而开心地谈论着什么，低低的话语间处处透着温馨甜蜜。妻子是个小巧的菲律宾人，丈夫来自英国，正是得益于这对好心的异国夫妻收留，提早到达旅行社没房间住的我和 Helen 才能够有个可以在长途跋涉之后安然入睡的床铺。

遗憾的是后来我们还未起床他们就已离开，连个道谢的机会都没留下，我们甚至都不知道这对夫妻的名字，只记得昨夜与我们打招呼时他们的笑颜温润美好，让人不觉心生暖意，仿佛于寒夜中看到了明媚妍丽的太阳花，所以心底里便称他们为花样夫妻。

人就是这样，没踏出第一步之前总觉得顾虑重重，仿佛出了自我加诸的矮井外面

便是处处危险处处荆棘，然而等到真正踏上旅程了才知做人无须过多的保护色，只要坚忍果敢，只要心胸坦荡，只要坦诚以待，道路两旁就会处处开遍太阳花，哪怕生于荒野，哪怕一路风雨，哪怕被迫低下头颅，它们依旧毫不吝啬地向每一位旅人绽放大大的笑靥。

浦东国际机场打印室里帮没有现金的 Helen 付钱的中国女孩，谢谢你；

莫斯科飞往巴塞罗那航班上被我打翻水杯浇湿了衣服却毫不计较的俄罗斯女子，谢谢你；

体育馆看球赛时对我们照顾有加的巴西小伙子，谢谢你；

为我们讲述动人传说的青旅老板娘 Sophie，谢谢你；

沿途向我们喊"你好"的陌生人，谢谢你；

提醒我们小心小偷的指路人，谢谢你；

……

看，除却应有的警惕，这大千世界，还是好人多。

谢谢你们让我更加迫切地想成为与你们一样美好的人。

太阳花夹道，一路行来，一路温暖。

任是无情也动人

漂亮的青旅老板娘 Sophie 在城市地图上勾勾画画，告诉我们哪里有好玩的哪里有好吃的。我好容易才从对她左耳上那只羽毛耳坠的迷恋中回过神来，就见地图上那些线条最终竟然连成一个心的形状，于是第一天的旅程还未开始就已经染上了淡淡的浪漫色彩。

天气很好，金黄色的暖阳洒了一身，明媚却并不刺眼。站在青旅门口，闭眼深深吸一口气——

它是风，却又不似风，静心聆听，那是这个国度在历史的光影中扶摇崛起荡气回肠的气息；它是光，却又不似光，驻足探寻，恍然间扑面而来的便是这个民族于千百年的风雨中不卑不亢虔心沉淀的信仰之晕。

睁眼，环顾四周，迤逦眼前的一切宛然一个盛大绮丽的梦境入口，有人在梦境彼端水袖轻舞，多情召唤，于是此端的我不禁任由视线彻底沉沦。

"快看。"

顺着 Helen 所指，我愕然仰头。

道路两边的高楼上家家户户普遍都挂了凉席，应该是遮阳用的。

你瞧，换了一种用途连席子都风情起来了。

除了曲线柔滑漂亮的凉席外很多人家阳台上还挂着色彩鲜艳的旗子，黄底红条，顶端还有一片三角形的蓝色，白色的五角星又在这三角形的正中央，这是加泰罗尼亚自治区的区旗。

据查，红痕代表加泰罗尼亚自治区的四个市，蓝底白星代表独立。

不过与这毫无感情的客观描述相比，我更愿意相信 Sophie 口中的那个传说。

据说很久很久以前，在塔拉戈那省地区的山上有一恶龙，专吃人兽。人们为求太平，每年向它献祭一个牺牲者。

有一天，这个不幸降临到国王的女儿头上，这时英俊的骑士乔治出现了。他上山与恶龙决斗，在 4 月 23 日终于成功屠龙，公主得救，然而乔治自己却没能幸存下来。他喷涌出来的鲜血变成了玫瑰，在死之前他用沾满鲜血的双手在国王的盾牌上划下了四条血痕。

为了纪念这位伟大的勇士，后来人们便将 4 月 23 日这一天命名为圣乔治日。

从十五世纪开始，加泰罗尼亚人在庆祝这一天的时候向爱人赠送玫瑰，是为情人节，而那四条象征勇气的血痕便也是旗帜上有四条红痕的原因。

很多时候，一个问题的答案并非只有唯一，遑论对错，我们总有自己比较偏爱的那一个。

此刻的我便是如此，抛却事实，宁愿相信一个口口相传的故事，不为别的，只是觉得这个解释更美。

既然生活给了我们一万个灰心失望的理由，哭过、痛过、抱怨过、绝望过后，为何不能再给自己找十万万个坚强振作勇敢活下去的借口。

即使不能拥有完美的生活，我们仍可以给自己一双善于发现美的眼睛和一颗美好的心灵，不是吗？

这个故事不同于中国七夕佳节葡萄藤下侧耳倾听有情人窃窃私语的缱绻旖旎，在西方国度爱情的表达方式也是大胆热烈的。

正如这个国家，它就这样将自己的猎猎风情咄咄逼人地绽放在地中海畔，宛如头戴玫瑰花身着鲜艳红裙的姝丽女子，就那样定定地站着，根本不管你的一颗心早已陷落在她张扬的眉眼上。

这城，这人，这风情，任是无情也动人。

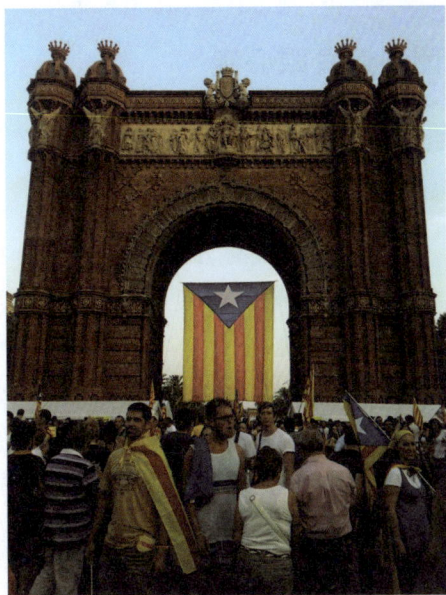

闭眼遮耳跟心走

旅行社位置偏高，眼前一条整洁的小路笔直向下，可能由于还是早晨的缘故，也或者因为狂欢节过后的疲惫，路上行人并不多见，间或某地聚集了不少各种肤色的游客，待走近前来，才发现，却原来是家精致的小酒吧。

朱红色的鲜艳大门内琳琅满目地摆着各色酒瓶，店面虽小却并不显得局促。小小的吧台后面，老板泰然自若地为顾客倒一杯盛满西班牙风情的美酒。

美景醉眼，美酒醉心，反正总是要把你迷得七荤八素从此对这个国家魂牵梦萦才行。

路上我们在一面绚烂至极的涂鸦墙前停下来，不禁为那大胆的色调和传神的画技吸引。其实后来才发现很多地方都有涂鸦，不仅在墙上，还有很多在卷闸门上，风格或简约或繁杂，色调或简单或繁复，图像或中规中矩或天马行空，每一幅都美到让人不禁感慨：真是艺术！

涂鸦墙前我们与两个正在捣鼓照相机的当地人攀谈起来，让人惊讶的是，其中一个竟然讲得一口很好的普通话，虽然他从没到过中国。

从他们口中得知有一个叫 black bar 的地方很好玩，漫无目的的我们便确立了第一个目的地。

迷宫一样的街道中我们围着同样的建筑物转了好几圈，第三次回到原点的时候我心中终于有了两个深刻的认知：第一，西班牙的指路人果然不靠谱；第二，我亲爱的伙伴，我心中伟大的资深旅行家 Helen 其实是个路痴。几个小时过去，被描述得让人心向往之的 black bar 依旧遥不可及。

最终，一筹莫展的两人决定索性收好地图吃个午饭然后闭上嘴巴遮上耳朵跟着感觉走。

从一个游客的角度讲，能生活在这样的城市应该很幸福。一草一木俱是风情，一街一巷都有惊喜，也就是这样的城市才能够孕育出高迪毕加索之类的天才吧。

秋日的午后，我和 Helen 在异国他乡走街串巷，像是两个久别重逢的好友，一路笑谈，步伐缓慢。

我本话多，只是在 Helen 面前也只有乖乖做个听众的份儿。她是个有故事的姑娘，而我打小又喜欢听故事，是以走了大半天也不觉得累。

如是走着转着路痴着迷离着，绕过一座灰黄色的只有几个门洞的奇异建筑之后一所大学出现在眼前。

大学旁边是个小型的博物馆，博物馆门前宽阔的台阶上三三两两的男女坐在一起，有的侃侃而谈眉飞色舞，有的与恋人相互偎倚。博物馆后僻静的地方有个男孩不知疲倦地练习滑板，恣意张扬、倔强不肯认输是年轻人的特权。

午后的阳光轻轻抚摸着每个人的容颜，他们就此成了我眼中的一幅画，安宁美好，幸福绵长。

不知道席地而坐享受生活算不算西班牙的特色，至少这样的景象在上海我没怎么见过，是以刚来在地铁站看到站台边席地而坐与朋友调笑的年轻少女时不禁有稍稍的错愕。

她们明明妆容精致，打扮得一丝不苟，却毫不在乎别人的眼光坐在地上。

先前我忽视了心底某种特殊的情绪，只当那是十七八岁的年轻人专有的张扬，此刻再次见到这样的画面，终于了然——

随心所欲。

在我们成长过程中有太多人说过这样那样的不要，不要跟坏孩子们一起玩；不要一个人去太远的地方；女孩子不要大声说话调笑；吃饭时不要发出声音；不要过早谈

恋爱；不要顶撞师长；不要质疑长辈；不要放弃安稳的工作；不要任性，不要张狂，不要……

　　久而久之，我们在这诸多"不要"的教导之下成了爸妈的好孩子，成了老师的好学生，成了丈夫的好妻子，成了儿女的好母亲，却独独成不了一个好的自己。

　　光阴变换，童年时期，我们毫不知情地用完了天真；少年时代，我们迫不及待地挥霍了青春；而今，步入青年时期的我们都已清楚感受到了这个世界的痛和迷茫，午夜梦回，总觉得自己好似丢了什么，好似缺了什么。

　　人生就是一场无休止的找寻，找寻友情，找寻爱情，找寻生命的真谛，却不觉挥霍了本心，弄丢了自我。

　　你是谁，又满怀期待邂逅谁？

　　蜉蝣人生，何不闭上眼睛不要看别人的脸色，何不遮上耳朵不要听别人的指摘，何不跟着自己心底的声音一步步向前，不要在乎时间地点人物是否合适，不要去管天时地利人和是否满足，只要阳光正好，只要心情正好，只要脚下有一方土地，放下枷锁席地而坐，做一回随心所欲的自己。

　　仔细看一眼小广场上某个石台上的字迹，原来我们苦苦寻找的 black bar 到了。

　　先前我以为是一个人声鼎沸的酒吧，不想却是听错了，原来是发音相似的西班牙语，不知道这个小广场的名字还是广场上那个小型博物馆的名字。

　　不过，都已经不重要了。

　　心里的 black bar 我已找到。

　　那天在博物馆一楼的大厅里，我们于孩童们中间找回了遗忘已久的童年。

上帝给你欢喜，从不会提前打招呼——阳光下的兰布拉

百密一疏。

这世间诸事，不论是心思多么缜密之人，不管事先做了多么周全的准备，总是会有这般那般的不如意，站在繁华瑰丽的兰布拉大街上时，我如是感慨。

之所以惆怅满怀，倒并不是因为不喜欢这条著名的大街，恰恰是因为太喜欢了。它太美，所以才显得我的毫无准备是这样的唐突，我只是害怕之前的漫不经心甚至是怨气冲天亵渎了这份明艳。

有人说，看不到美是因为缺少一双善于发现美的眼睛，可是偏生就是有这样的一种美，即使是你耍性子闭上了眼睛也无法忽视，若是拒绝它便会以更加逼人的气势令你折服，比如巍峨绵延的万里长城，比如温柔绮丽的南方小镇，再比黄浦江边明灯璀璨的夜景，以及此刻呈现我眼前的橙黄色悬铃树叶夹道的兰布拉。

初初踏入，置身川流不息的人群中，环视四周古朴大气的建筑，我惊诧难言，兰布拉之于巴塞罗那几乎就如南京路步行街之于上海了！

来到这个国家不过是缘于一时的悸动，不过是因为一个资深宅女有时候也会做做环游世界的梦。然而等到舟车劳顿，等到真正踏上行程的时候，宅女的小性子便又犯了，怪旅途太漫长、怪突发事件疲于应对、怪自己太贫穷、怪自己小身板太经不起折腾……

上帝说，要有光，所以提前先给我们准备了长长的黑夜；上帝说要有温暖，所以我们要先忍受刺骨的痛与寒冷。

一路行来，一路惊喜。

曾经坐井观天的蛙此刻方才明白，天下大美不只东方；人生在世前行的每一步都应该是真挚而虔诚的，而人性的闭塞、思想的陈旧、态度的轻慢、性格的顽固只能彰显浅薄。

这条大街真真是游人和街头艺术家的天堂，一路走来，且行且叹，总是在不经意

的一个回眸或是一个侧身间各具风情的惊喜就那样撞入视线，或是一个挂满金属乐符的楼墙，或是一个身前摆满上好作品的街头艺术女郎。

在这个国家，老旧的仓库门也可以是张扬的。为什么不能张扬，它们个个都有着艺术的容颜，或简单或繁琐，或诡秘或诙谐，即使不驻足究其深意，光是擦肩而过也足以深深刻画在每一个闯入者的脑海中。

在这个国家，狭窄的小阳台也可以是怡人的。遮阳的席子一掀，嫣红碧绿的花叶舒展。看，那鲜花绿叶别具风情的掩映之后还坐着眉目婉转妆容精致的美女。谈笑风生中，她们只一转眸一颔首，便也成了来往穿行之人眼中绝好的风景。

在这个国家，路边的雕塑也可以是震撼的。雕塑有了人的灵魂，所以分外让人慨叹。你来，他们静静立在那里，你走，他们仍旧坚守岗位。若是身上有闲余的硬币，不妨抛上一个在雕塑前的罐子里，会有意外的惊喜也未可知。他们是有血有肉的人，却也是艺术本身。虽与另一种职业一样，他们身前也摆着罐子，可是光光是想着行乞两个字便觉是对他们的亵渎。

这世间有多种活法，最为低下的就是明明可以自力更生却要选择祈求别人的施舍，这样的人生无异于用尊严换金钱。

我总坚信，不论男女，经济独立人格方能独立。

一个人可以不漂亮，可以无知甚至愚笨，却万万不可丧失人格。都说女人是水做的，水以柔且无形著称，可是水滴石穿，那么我们又岂不该柔中带刚，独立而又坚强吗？

　　很多人抱怨父母没能为自己提供优越的成长环境；妻子没能为自己营造一个温馨的家庭；丈夫没能为自己创造优渥的婚姻生活；孩子不能为自己增光添彩，却独独不去想在这一场自怜自艾的怨天尤人里自己才是最根本的缘由。

　　上帝在每一个人面前都放了同样的宝盒，只是有些人不懂得靠自己才能找到对的钥匙来开启，若一味想着假以他人之手，也许宝盒便变成了潘多拉的魔盒，纵使机关算计，打开了也是怨念缠身，深陷泥沼无法自拔。

　　若是面前是一面普通的铜镜，你自可戴上各色面具言不由衷地摆出各种姿态自欺欺人，只是，生活这面镜子折射的是人的灵魂。

　　想要做一朵遗世独立的白莲花，需先学会忍受污浊，潜心孕育，顽强向上，不然如何才能生出宽阔碧绿的叶，如何才能承载圣洁端方的花，又如何才能当得起世人的赞美和源自内心的骄傲。

　　踏月，亦或者成泥，终究是一人一身一心一世的修行。

为谁呼喊为谁狂

　　说来我这个人长到这么大，经历简直可以用乏善可陈来形容。不抽烟不喝酒不打架不偷窃不叛逆不早恋不撒娇不耍脾气不忤逆长辈，绝对是父母的好女儿，老师的乖学生，而且天性安静，存在感极其淡薄，连嗜好都少得可怜。

　　如若非要说出个心中所喜来，只能说对文字是真爱。从小到大，所读庞杂，不管阳春白雪还是下里巴人，通通来者不拒。

　　也许喜好有多广一个人的世界便有多大。文字堆砌的世界，瑰丽归瑰丽，终究多了虚幻少了真实。看的故事多了，自己都几乎迷失。别人的世界一定很精彩，我知道，只是不知为何。他们的疯狂、他们的偏执、他们的不顾一切，我不懂。

　　不懂为什么有人会为了某个明星要死要活，不懂为什么有人会等到凌晨两三点只为看某场赛事的现场直播，不懂为什么有人忍心自残，用伤害自己身体的方式排遣心底的愤懑。

　　我可以为了文字落泪，却不愿为它流血，我喜爱文字，却不愿为它去死。也许再过偏爱我的本性总归自私，没法对什么事情深爱到失去自我的地步。

　　再者，若是我都不在了，那么我的文字我的喜爱不就也随之湮灭了吗？私以为，若要深切地爱上另一样东西，首先要先懂得爱自己。

　　那么，那样深沉的迷恋，到底是怎样的感觉呢？

　　在看了那场与阅读相比明显烟火气十足的球赛之后，我想我对那些热血男儿的世界终于可以有所体会。

　　到达巴塞罗那的第二个晚上，我生平第一次去看了现场球赛。

　　请原谅我的无知，真的，其实在球赛开始之前，我对足球亦或者是球星没有一点概念。只听说在这场即将开场的球赛中，有一个球员叫做梅西，他的大名在这座城市甚至整个世界上都家喻户晓。当然，我算个异数。

　　门票是老板娘 Sophie 帮忙拿到的，同一旅馆中还有很多人同去，我们的队伍甚是壮观，一路出发浩浩荡荡，有男有女肤色各异，足有十几人。

到达地铁站的时候已是人山人海，声势比我们刚到那天晚上看到的广场庆祝还要浩大，真可谓盛况空前。地铁难得一见的拥挤起来，我和 Helen 被冲散，只能跟着一路谈笑风生的男孩子们挤一起。上去后我一边在人群中寻找 Helen 的身影，一边使劲儿想要记住那几个男孩子的样貌。

那时的感觉很复杂，明明置身人潮，周遭喧嚣不已人声鼎沸，却忽然觉得很孤单，只因，不相识。

离了我们所熟识的，很多人第一反应便都是没有安全感吧。

现在想想，若当时只身一人出行便无所谓了。如果无可退守，便不会害怕。

出了地铁站只见大街小巷俱是人潮涌动，仿佛五颜六色的河流朝着体育馆的方向汇聚而来。

同来的伙伴们分作两队，我和 Helen 跟几个巴西少年一起，其中一个叫 Lucas 的脖子上搭着一条颇为特色的围巾，等到后来那条围巾被另一个叫 Luiz 的少年披在背上的时候，我才恍然，哪里是围巾啊，分明一面上书 CRUZEIRO 的旗子。

当时觉得这旗子颇有影响力，一路吸引了不少陌生人过来跟 Lucas 他们打招呼，甚至后来球赛结束还有人过来跟我们一起喝酒。

到现在我仍旧不甚明了，只知道那几个英文字母合起来是巴西货币的名字。不过那面旗子是否是某个球队或者俱乐部的标志已经不重要了，在我眼里它只是热情、是

追求的象征，正如那球场内振聋发聩的呼喊。

碧绿的球场上球员们挥汗如雨，球场周遭看客热血沸腾。

作为一个彻彻底底的门外汉，很多时候对于他们的情绪波动我并不能感同身受：不明白他们为何唏嘘，为何离席欢呼，为何突然异口同声地呼喊起了"巴萨"的口号，为何有些球明明进了却算不得数，只是觉得自己像那滥竽充数的演奏者，堂而皇之地做着焚琴煮鹤的事情。

置身这样的一群人中间，我突然为自己的无知感到惭愧，甚至有些懊恼，为何之前没能多了解一些足球。

不过想想也就释然了，既然只认识梅西那便只为他喝彩吧，是以后来我们两个全然不懂观球的姑娘便只盯着巴萨队 10 号球员的背影，仿佛真的就成了只关心他一人只为他一人疯狂的球迷了。

人非生而知之，这世间总有那么多事情我们不知，我们不懂，我们可望而不可及。

短暂的人生想要弄明白无穷的未知当真蚍蜉撼树，最好的结果便是按部就班地往前走，日积月累，每天能够与这个世界的秘密更亲近一些便已足够。

球赛结束，大家依旧热血沸腾意犹未尽。潮水般的来人在激烈的讨论声中又潮水般地退去。

几个巴西小伙子对我们十分照顾，Lucas 英文比较好，所以他与我们交流最多。因为客流量太大，地铁站一时都进不去，他们便去附近的超市买了些啤酒请我们喝。

我们一行和几个被 Luiz 披在身上的旗子吸引来的年轻人围成一个圈攀谈起来。

他们对中国以及中国文化非常感兴趣，问了我们许多问题，Helen 一一作答。我手里捧着苦苦的啤酒聆听，感慨她真是个有见地的女子，不管什么都能说得头头是道。

而我，做一个听众就好，用一双眼睛、一颗心来记录这一刻的美好。

夜深了，苍穹静默，而我们在异国他乡恣意畅谈。

人生当如是，绚烂而美好。

朋友说：当你以为只需要一个背包就可以囊括过去时，你错了，即便再乏善可陈的生活，也是满满的不舍。

是啊，别人的世界再精彩，我们也不必刻意闯入，刻意深究，甚至刻意复制，从一个旁观者的角度欣赏也不错。谨守自己的小宇宙，尊重异同，这样也许便足以让人生变得丰盈。

现在我仍旧对足球一无所知，依旧嗜书如命，依旧浅薄依旧无知，依旧在自己那一片小世界里细数流年和过往，不过并非裹足不前，而是在按照自己的方式徐徐图之，自觉也没什么不好。

我们在异国他乡相逢，一同欢呼过、悸动过、疯狂过、热血过、攀谈过、笑闹过，这就够了。

短暂的交集留下的美好往往更胜细水长流，路人也有路人的好，看客也有看客的好。

你的人生，我曾经来过。

我的人生，欢迎你来。

你好，陌生人。

疯子的梦幻世界

"只有疯子才会试图去描绘世界上不存在的东西！"

——安东尼·高迪（Antonio Gaudi 1852.6.25—1926.6.10）

第二日出发前我问 Helen 要去哪里。

她说圣家堂，巴特洛之家，米拉之家，奎尔公园。

我说哦，又问都是什么地方。

Helen 回答，都是高迪的建筑。

我又问高迪是谁，她竟然还耐心向我解释。

当时我深深觉悟，不管如何自我安慰都必须承认自己已经无知到无药可救的地步了。

出发前我对这个国家的概念几乎为零，因为有了 Helen 那句颇为让人安心的"你安心写作就好，其他的我来安排"我便理所当然地让自己一直无知到现在。

惰性人皆有之，只是惰到我这种人神共愤的地步的恐怕还真不多。等到站在那座宛若梦幻一般的建筑圣家堂前时我终于明白，美景可以稀里糊涂地看，但人不能稀里糊涂地活。

你可以做周遭风景的过客，但是必须要做自己人生的主人。

最起码你要知道自己做一件事情的目的是什么，要懂得过好今天，守望明天。

我们不应为了生活而生活，而应为了目标为了明天而生活，如果拒绝思考、拒绝学习、拒绝规划、拒绝进步，那么与饱食终日等人宰割的低等动物也没什么区别了吧。

任何以各种借口为由行懒惰之实的行为都是可耻的，每次痛悔莫及的时候我都有心想要对每一个对我寄予厚望的人大声喊"对不起，我有罪"。

其实真正对不起的人归根结底还是自己，种种错失种种追悔莫及终究还是咎由自取。

勤奋的人是最美丽的。

显然眼前的圣家堂便是天才加勤奋的产物。

这样庞大的建筑却堪称精雕细琢，雕塑、文字、梁柱、玻璃……每一个细节、每一个角落都是美的，而这美中还都藏着故事。

突然觉得每一个虔诚的有信仰的人都是浪漫的，高迪爱上了他的信仰他的事业，所以他的疯狂创想被从心里搬到了现实，成就了一段又一段的空前绝后。

不仅仅这座教堂，还有其他两座公寓——米拉之家和巴特洛之家。

是因为备受上苍宠爱他才格外虔诚吗，还是因为格外虔诚，所以他才备受上苍宠爱？

而能与天才共享如此结晶的我们就此分享窃取了他的人生，即便只是匆匆一瞥，人生便从此不再如昨。

大千世界，高迪用他的作品邀请我们沉浸在只有他才能够造得出来的华丽梦境。

梦里耶稣带着他的门徒款款而来，还有身穿盔甲的烟囱武士，有贪恋人世繁华于午夜现形的蜥蜴怪兽，有传奇有故事，有疯子天才才能描绘出来的梦幻世界。

亲爱的你，今夜为谁扬帆起航——夜色兰布拉

由于第一次忙着赶去看足球比赛，只是匆匆的惊鸿一瞥，两日后我们又一次踏上了兰布拉大街。

就着嫣红妖娆的暮色，由巴塞罗那市中心哥特区出发，从兰布拉的一头缓缓走向另一头的海港。

如此简单的两点一线，即使前路岔道纷繁复杂，即使闭上眼睛我们亦不用担心迷失，只因目的明确。

也许生活中的诸般事务也并不复杂，复杂的只是人心，弯弯转转越多，岔路便也愈加交错复杂，倒不如出发前坚定地告诉自己想要走向哪里，砍掉杂念一心向前，这样的人生反而更加容易走向幸福的终点。

大道两边的悬铃树在风中摇曳，柔美多情。古朴绮丽的建筑林立树叶之后，像是威武的武士，结实的臂膀、火热的胸膛，这一派盛世繁华活色生香的景象就是他们守护千年的信仰。

有穿着繁复华丽衣裙浓妆艳抹的街头艺术女郎，微微挑着薄凉冷俏的眉梢，撩起迤逦的裙裾，于街边小凳上静坐，白皙纤细的手指间夹着烟，漫不经心地吸一口，红唇微启，吐出的烟圈里张扬的一幅容颜就此虚幻飘渺起来。

世界这么大，而她们只需要这么小的一席之地便足以成就绝世风华。

心在哪里，容身之地就在哪里。

途径热闹的市场，我与 Helen 顿时被琳琅满目的果蔬食物吸引，东瞧瞧西看看，小摊后的店家看我们研究半晌不买也不恼，只在与我们视线接触的时候宽容地微笑。

最终挑挑选选，囊中羞涩的我们用极其便宜的价格买了两只大大的黄桃和一个不知怎么称呼的菜卷。

吃了简单的晚饭之后，再次回到兰布拉大街。

仰头，头顶锦缎般柔滑的夜空一直延伸到不可知的远方，极目远眺，高高的哥伦

布纪念碑已经进入视线。

　　几百年来，那站在石柱顶端的伟大航海家与探险家就以那样深情凝视梦想起点右手指着远方的姿势矗立在苍穹之下碧海之滨，就连资助他实现梦想的国王和王后的雕塑也只能屈居底座之上，甚至还有女神为他保驾护航。

　　现在看来，貌似只是踌躇满志的一挥手，传奇就此在他手中书写，而成就了传奇的他本身也是个传奇。

　　谁又能知道当初这个雄心勃勃的热那亚人在葡萄牙国王若昂二世那里碰壁、被同行嘲笑的失落。然而他没有放弃，没有自伤，只是转而寻找更加合适的机会，寻找懂得欣赏他的合作伙伴，最终他成功了。

　　这样的励志故事貌似在中国一抓一大把，什么凿壁偷光、什么头悬梁锥刺股，耳濡目染，我们知道一个人要刻苦要勤奋要坚持目标要不怕艰险才能成功。

　　奇怪的是，第一次读到哥伦布的故事时我想到的不是这些，而是孟母三迁。

　　孟母通过一次一次的搬迁给了儿子一个成才的机会，在哥伦布的崛起史里他自己就是孟母。

　　光是地利人和仍旧不足以成事，还要天时，它也叫机遇。

　　在通往理想的道路上有人选择裹足不前被动地等待机遇，而有人选择乘风破浪为自己创造机遇。

　　不为本国国王赏识的时候，这个出生在布商家族的商人为自己找到了其他途径实现梦想和利益最大化。最终他得胜归来，若昂二世隆重地接见了他，并拿出干豆子让他带回来的印第安人拼出新世界的模样，结局是追悔莫及的国王在春风得意的臣民面前输得一败涂地。

哥伦布来自属于勇者和强者的世界。

我们不是哥伦布，不过我们也可以勇敢和坚强书写属于自己的辉煌。

若你今天没有成功，也许并不是因为没有才能，只是你没找到真正的伯乐；若你寻找了依旧没有成功，也并不能证明你不如别人，也许你还需为自己创造一个才能得以展现的机会。

还有，请不要忘记，等待机遇和找寻伯乐的过程中要为自己积累不鸣则已一鸣惊人的资本。

夜风中，仍旧在找寻生命出口、为未来积蓄资本的我和 Helen 并肩坐在海港边，近在咫尺的便是那曾经承载了哥伦布伟大冒险家梦想的地方。

她断断续续地唱歌给我听，却不知道我这个不称职的听众心思早不知神游到哪里去了。

一艘艘白色船只排得整整齐齐，随着被夜色染成墨色的海水轻轻摇曳着，不知明日又将摆渡谁到梦想的彼岸。

我想，哥伦布真是幸福啊。

他有梦想。

有梦真好。

他实现了梦想。

成功真好。

亲爱的你，今夜为谁扬帆起航？

疯狂约会美丽都

港口看海之后我们的暴走再创新高。

也许这样疯狂的夜晚此生不会再出现第二次，或者应该说当真不可能再出现第二次。

生命是一场无休止的跋涉，昨天的一切是我们再也回不去的特别，明天的一切是我们永远无法排演的意外。

一整天的跋涉，我自觉体力已经到了极限，只是 Helen 仍是不停步，说还要到最后一站奎尔公园。

下地铁时我看了下时间已经将近晚上十一点了，据说还要走一段路才到。

我们跟着路标走啊走啊，仿佛前路永远没有尽头，不知道是因为夜深路上行人稀少的缘故还是怎么，我总觉得前面越来越荒凉，不免担心起来，只是 Helen 决绝，我也只好既来之则安之。

最后的一程路是上坡，腿仿佛已经不是我的了。

路边有些门墙上画着极其抽象涂鸦的小酒吧，偶尔会有年轻男子从里面走出来，不安的夜色中这些眉眼模糊的异国人冲我们吹口哨或者喊你好，声音轻浮而又浪荡，原本稀松平常的招呼和关注突然变得让人心生恐惧。

我愿意相信这个世界好人多，却不能天真地以为坏人已经灭绝。

实在不明白 Helen 为何如此有勇气，貌似在这一点上她有近乎偏执的执着，或许只是为了不辜负这一程的跋涉，既然想做便一定要做成才能够罢休。

终于，最后的目的地奎尔公园的大门展现在了我们眼前。

也许是因为心理作用的缘故，暗淡的光线中我只觉眼前矗立的仿佛是童话故事中女巫的城堡。

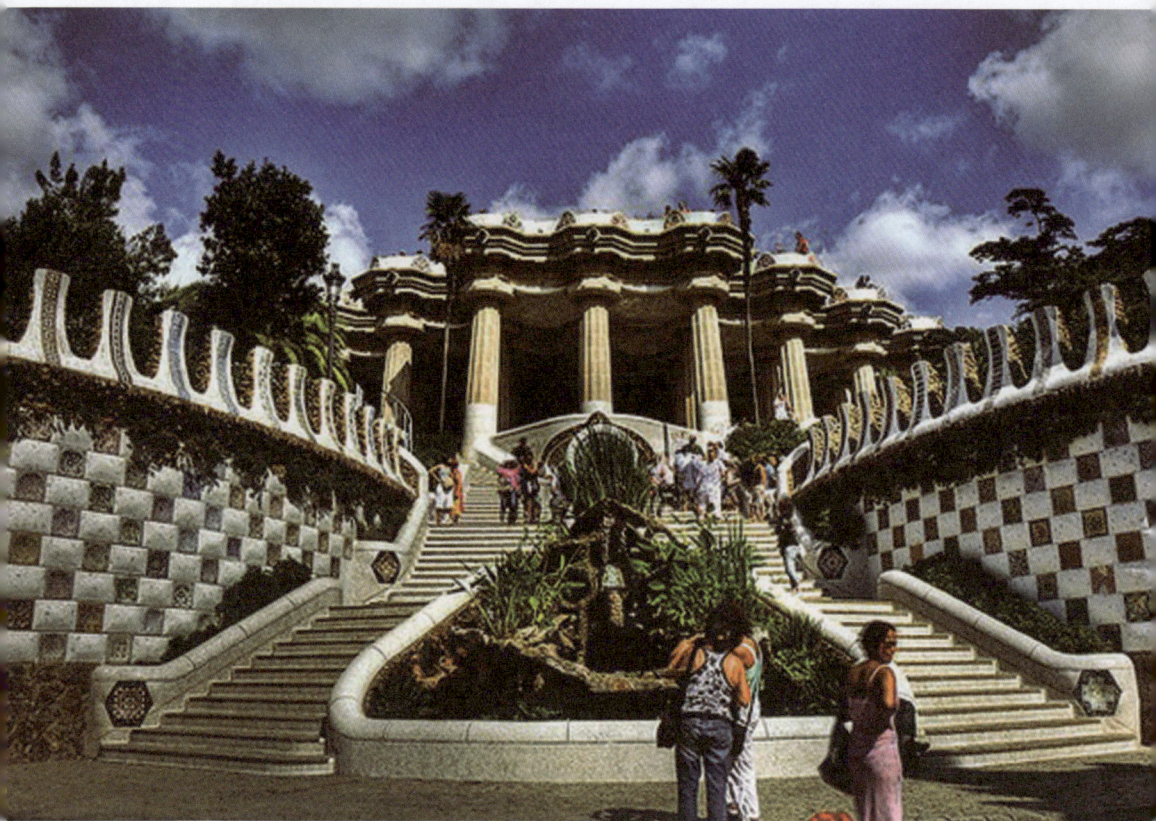

瑰丽的大门内，高高的台阶上，色彩斑斓的蜥蜴蛰伏其上，随时都可能飞扑下来择人而噬。

我迎着夜风缓缓地拾级而上，仰望这世间的又一神迹。诚然，高迪的作品各有千秋，每一件却都一样的让人喟叹。

我与 Helen 坐在夜色里，吃着下午从市场里买来没来得及洗的桃子，疲惫中恍然觉得满心甘甜，这俩大大的黄桃味道实在是好。

我想将来头发全白垂垂老矣的时候，我仍旧会记得某个宁静的夜晚，我与亲爱的 Helen 姑娘于午夜就着暗淡的光晕，吃了此生最难忘的一只黄桃。

那晚，她依旧不知疲倦地唱着丽江小倩的歌，而百无聊赖的我则拿出旅行笔记本写写画画，记录着人生中的第一次"冒险"。

在我们最美好的年华里，这微不足道的小事成为了这辈子的永生难忘。

楼顶上有人窃窃私语，等到我们攀上楼顶，才发现原来是一对情侣依偎在一起。

我和 Helen 面面相觑。那个时间那个点，俯瞰巴塞罗那辉煌迷离的夜景，的确适合发生点什么浪漫的事情，而且那一刻，我们也实实在在地感受到了浪漫。

这浪漫无关情爱，只是两个结伴同行、性格互补的姑娘在异国他乡的暴走而已。

就在那晚，我们两个胆大包天的异国姑娘走着走着便迷失在了偌大的公园里，一直沿着公园里某条没有路灯的道路走了将近一刻钟才看到光明。

其间我们挽着对方的手臂，对话一直没断过，看到路灯之后我们不约而同舒了一口气，这才知道原来刚刚彼此都是紧张的。

黑暗容易让人心生恐惧，因为它是丑恶的蔽护色。

离开之前，回望一眼暗夜中女巫城堡模糊不清的容颜，不禁为彼此的疯狂捏了一把汗。

后来在日内瓦的冷空气中，我俩漫无目的地穿街走巷时，我喊她疯子，她说我是癫子，多么和谐的组合。

一辈子能有几次机会，放任自己去疯呢？

我不知道，也许只这一次吧。

是以分外珍惜难忘。

流萤星海

巴塞罗那最后一天，我们的足迹几乎遍布先前遗漏的每一处地方，巴塞罗那大教堂、毕加索博物馆、加泰罗尼亚国家艺术博物馆、加泰罗尼亚音乐厅，哪怕只是走马观花，毕竟我们曾经来过。

日暮时分奔波了一天的旅人终于拖着疲惫的双腿到达蒙杰伊克城堡前，寻找一片干净的台阶坐下，加入等待的人群。

暮色渐渐降临，天幕一点点凝重，最终变成一片宝石蓝。

台阶下有乐队开始演奏，许是音乐太过动听，惊起了山下一点流萤，只是那点光亮仿佛觉得自身不够给人惊喜似的，便又召来了第二点第三点……

也许只是一瞬间，又或者很漫长，成片成片的光亮汇聚，眼前的世界浓重的暗影如幽潭如山谷，其上流萤浮动，又或者是倒扣的星海。

是谁惊动了仙境，还是我们不小心踏上了九层天际？

生平第一次我亲眼见证这样的一幕，仿佛期待了三生三世，而今终于得偿所愿，

巨大的狂喜碾过心头。

风，微动，流萤星海脉脉流转，一池春水被搅乱，情未动心先动。

台阶下的乐队吹奏得更加起劲了，它依旧在召唤着什么，那是我、Helen，还有这些形形色色的陌生人共同的守候。

守候什么呢？

守候一场奇遇，守候一个魔幻世界，守候一泓瑰丽的胜景。

突然，乐队的演奏戛然而止，世界骤然宁静，潺潺的水声自从宁静中剥离开来，大家惊喜，不自觉起身，争先恐后往台阶下面走去。

台阶下面还是台阶，那一排斜斜向下的小瀑布一个挨着一个奔流而下，指引我们一路向前。

目光顺着小瀑布一点点滑下，广场上已经人山人海。

身前水声更大，还未惊觉，微凉早已落上脸颊，人造小瀑布边数米高的喷泉涌起，水声隆隆中远方音乐声起——

魔力喷泉启动了！

世界第二欧洲第一，多大的名头。

被风吹散隐约模糊的名曲轻轻划过耳膜，站在山上听不清楚，只能看见几根高高的石柱前那一团艳红的颜色仿若情人心中跳动的火苗，那样不安地悸动地燃烧着，转

而又幻化成冷定宁静的蓝，喷泉中的水是有灵魂的，不过它也是骄傲的，千呼万唤始出来，非得伴着大师的名曲才肯于月下翩翩起舞。

真正不枉这一场急不可耐的翘首企盼，那水滴凝结的舞者真正卖了力来表演。

舞步时而轻柔舒缓时而刚强健美，姿态时而柔情蜜意时而清冷孤傲，每一步都踏在靡靡的律动之上，每一滴都承载着动人心弦的情感。

一顾倾人城再顾倾人国，这个舞者定是非要把每一个看客的心都收了去才罢休。

我们走到近前，喷泉周围里三层外三层大家恨不能融入其中顶礼膜拜，我们个子不高腿不长也不曾天生蛮力，自然打不进包围圈。

不过也没必要凑那一场熙熙攘攘的热闹，有一种美丽让人只想默默守候。

我俩远远地找了一把椅子，透过树枝掩映静静地欣赏。

光影变幻，水影翩跹，很久两人都没有开口，那个时刻，任何语言都是苍白的。

有时候沉默就是最为丰富最为动情的陈述。

看着看着，心底突然有什么坚硬的东西轰然倒塌了，自此我对旅行的排斥悉数消散。

也许心底本就有一颗不安分的种子，人生的前二十多年，它悄悄蛰伏在连我都不知道的角落，一度安眠很长时间，那一瞬间它大梦醒转，刚一破土就以不可扭转之势疯长。

之前从不曾想过的念头袭上脑海，那么强烈、那么鲜明、那么迫切。

全身上下每一个细胞都叫嚣着说下一次我要独自远行冒险，要去旅行，要用自己的脚步丈量生命。

小乌龟爬行虽慢，至少他有勇于挑战的勇敢。

那么，宅女当然也能承载的起环游世界的梦。

第二站
天空之城——格拉纳达

白首不相离

　　格拉纳达的行程安排非常紧张，只有半天的时间，所以最终在车站工作人员的建议下我们决定参加一次单车游城。

　　事实证明有些东西即使惊鸿一瞥也足以让人铭记一生，格拉纳达的半日时光再次惊艳了我们的整个旅程。

　　从车站出发时还飘着雨丝，等到我们双脚落在市区的马路边时上天拉长了好久的脸竟然浮现喜色，风吹云动，碧空如洗，放眼望去，沐浴在阳光中的整座城市明净雅致，画卷一般缓缓舒展开去。

　　旅行箱滑过地面的隆隆声中，我俩穿越一条宽阔漂亮的街道，周围建筑美得让人目不暇接，西方建筑重雕塑，一砖一石仿佛都有典故，美轮美奂的建筑前面人烟并不是很多。每个人都面色平静，怡然自得的样子，岁月长河中，这座城市静好得像是陶渊明笔下的世外桃源。

　　旅行社在一座古朴的小教堂旁边，等待其他成员的时候我俩有幸目睹小教堂里正在举行的一场婚礼。

　　并不是多么奢华的婚礼，却有一种别样的温馨热闹。为数不多的成员全都是穿着考究面带微笑，仪式过后他们簇拥着新娘子和新郎官出来在教堂外小小的院落里拍合影。

披着洁白婚纱的新娘子手捧粉色玫瑰，笑靥如花，盘起的乌发上白纱如雪，众人的包围中即使她不发一言却依旧如骄阳般让人挪不开视线。

每个姑娘的一生中都会有这样的一个日子，你会盘起长发，为挚爱的那个他披上嫁衣。

浪漫的少女时代情窦初开的你也许会对那个他以及你们的婚礼有过诸多幻想，热恋的时候你也许想让全世界见证你们的幸福，只是真正等到神圣的祭坛前长辈把你的手放在他手中的那一刻时也许一切都已不重要。

再轰轰烈烈的爱情也不过是别人眼中稍有触动的故事，再唯美盛大的婚礼也会被别人遗忘，这一场天荒地老或者细水长流里只有你俩是始终的参与者，是唯一的不可或缺。

真正的爱情不需要太多的见证，少许的亲人和几个挚友便可，真爱无需未雨绸缪无需大肆炫耀无需走繁杂琐碎的程序，你们只需做彼此的小太阳，能够照亮彼此的内心，能够照拂彼此的家庭足矣。

只要时机正好，只要天光真好，只要你和他都正好，那么就已足够。

就如那一刻，我见证了那位西班牙姑娘的小幸福，羡慕他们的安宁美好，甚至会贴出照片并用文字描述出来与大家分享，看上去如此严肃隆重，不过也只是一个过客的触动，铭记一时却铭记不了一世。

是的，过客而已。

你是我的眼，是我的全世界

E-cycle 的成员有十多人，由一个年轻的女导游带着我们，出发前每人分配了车子，还都穿上橘黄色容易识别的马甲。

戴上头盔、武装完毕之后导游简单交待了我们车子的使用方法和大体行程之后小分队就一起出发了。

前面的一段巷道不是很好走，全部都是由光滑的石子垒成，不明就里的我问导游，这样是为了防滑吗？她说其实石子路并不防滑，反而可能比石板路更滑一些，这样铺只是为了好看。

后来在瑞士我也看到了同样的石子路，一颗挨着一颗的石子被时光打磨得圆润而光滑，太阳光的照射下，远远望去一片辉煌，的确很美。

这些石子路大抵都是很早之前留下的古路，因为有了历史的积淀，即使是被踩在脚下的石头也有了别样的绚烂。

磕磕巴巴的旅行就此开始，十多年没怎么接触过自行车的我战战兢兢跟着大部队，幸好是电力自行车，驾驶起来并不怎么费力。

第一个目的地是一条高大树木环绕的林荫路，雨后空气十分清新，沐浴着枝叶间零碎散落的阳光，深吸一口气抬头仰望，只觉古木参天，整个林子幽静深远，一切俗事杂念都仿佛被荡涤一清。

林子尽头是一段古朴的泥土城门，远远望去像极了两个套在一起的钥匙孔。

这座城门是有传说的，很遗憾导游的口音有些重，她所说的我现在全然没有记忆，大抵该是跟我们的下一个也就是在这一站的终点有着一样的故事——战争与和平。

我素来痴迷古典特色的事物，首饰、服装、建筑、神话传说，也许果真有些东西存在的时间久了便有了自己的气质与灵魂。

那么那座著名的红堡，十三世纪建立的格拉纳达国王的王宫，著名大师为之谱曲，知名作家为之写书，名列世界七大奇迹之一的阿尔汗布拉宫到底又是怎样的风采呢？

离开森林，我们返回闹市，从宽阔的大街再次驶入狭窄的小路。其中一段路汇聚了来自各个国家各种肤色的游客，小路拥挤异常，我们实在无法继续前进，只得下车推行。

许是由于黄皮肤的中国游客比较少，我和 Helen 经过的时候场面空前热闹，他们挥舞着小旗子冲着我们大声吹口哨，热情得让人不敢直视，我冲大家笑笑，算是对他们"夹道欢迎"的回应。

过了小道前面的路程开始陡峭起来，依旧狭窄的石子路蜿蜒向上，俨然盘山路的架势。

我深吸一口气调好挡跟着大部队前行。

一路的景色出奇的好。作为这座城市最有观赏价值的旧城，吉普赛人的聚居区，放眼望去，到处都是郁郁葱葱，而偶尔路过的镶嵌在山中的小房子更是大有特色，与东方居所完全不同。

盘山的石子路一边是依山而建的居所，另一边则是石头和石灰堆砌的围墙。

这一段段用这世间最不华美的两种物质建造的围墙一路蜿蜒向上，仿佛一条盘踞在高山上的巨蟒，慵懒而又魅惑。

石墙上有很多对相拥而坐的年轻情侣，他们就那样毫不避讳地把两人的痴缠展现给来来往往的路人。

大学时候我也见过这样密集的情侣聚集地，黑灯瞎火的操场边晚上绕着跑道转一圈，便是惊起鸳鸯无数。只是那情景光想想都觉得挺逗。

爱了就爱了，为什么要藏着掖着呢？

此刻，青山绿树间红尘俗事均已远去，世界因你而美好，你就是我的眼，我的全世界。

似是惊鸿照影来

日近黄昏，金色的暖阳处处流泻，我们一路攀爬远眺，洁白的云朵与高山相接，苍翠的绿色掩映下红白色的建筑物若隐若现，一切都是那么美，甚至美到不真实，或许此刻我们是迷失在仙境中的爱丽丝。

弯弯转转，山路凹凸不平，就在我们已经对攀爬麻木的时候，终点却出现在了眼前。

金色的夕阳中，期待已久的地方就此出现在眼前，浅红色的宫殿，乍然看去，不似白色的泰姬陵般美丽圣洁。只是，再看一眼，你就再也无法移开视线。细碎的阳光下，这座宫殿是会发光的。

似是惊鸿照影来！

宫殿位置极高，不少游人往来观赏，更多的则是聚集在高台上俯瞰或者远眺。

整座城市尽收眼前，一座座房屋远远蔓延开去，越来越小，越来越飘渺，仿佛最终在极远的地方与白云融为了一体。

若把曼妙清丽的泰姬陵比作一位仙子，那么阿尔汉布拉宫就是屹立天地之间的王者。

暮鼓晨钟之间，高高山巅之上，他只需迎风随意一站，目光所及便是握在掌心的城池国度，而他自己则是芸芸众生永远无法企及的信仰。

这是上位者追寻了一生到底也不愿意放弃的辉煌——

江山如画！

有穿着白上衣花裙子佩戴着鲜艳围巾的吉普赛妇女在宫殿前面翩翩起舞，大家的围观之下也丝毫不害羞，反而更加热情洋溢地跳起来。

山河壮美又如何？掌权者若只是看到没有灵魂的山山水水，草木石头，倒还不如我这个过客幸运。

纵使江山再雄奇壮美也未必得上自己的子民安居乐业。

此刻妇女脸上洋溢的是自由开心的笑靥，正是因为这份神韵才吸引了那么多的游客围观，这样的生活是每个人的心之所向。

如果你觉得自己不幸福，那么便出去走走吧，世界如此之大，站在盛世顶端俯瞰繁华的时候胸中自会生出千山万水，小小的苦难又如何容不下呢？

如果你觉得自己很幸福，那么也可以出去走走，芸芸众生，苍茫大地，也许你脸上的笑容能够温暖另外一个孤寂的灵魂也未可知，有些幸福是可以分享的，有些笑容是可以传递的。

如果你觉得自己的生活如我一般乏善可陈，那么更要出去走走。造物主如此神奇，他把人放到了这个世界的不同角落，让他们讲述着不同的传奇，演绎着不一样的人生，纵使只是短暂的参与，甚至只是一时半刻的观瞻，那也是好的。

生命的张力不仅仅也可用功勋卓著来彪炳，也可以用永不停歇的足迹来丈量。

至今，午夜梦回还总是骑车从古城陡得吓人的石子路上小心翼翼地俯冲下来时连当地人都给我们鼓掌叫好的样子。

女王的誓言

夕阳下，阿尔汉布拉宫静静享受着众人的虔诚仰视与膜拜，用他宽阔温暖的胸膛捍卫着子民们平凡而又美好的生活。

谁能想象，半个世纪之前这里还曾经历了那么长时间的战火洗礼。

亦或者正是由于战火和磨难的洗礼才使得此刻的它更加美得惊心动魄。

那些金戈铁马的光阴早已远去，我们唯一能做的便是站在这里倾听一草一木为我们讲述着曾经的故事。

在这个故事中有一位睿智果敢的女王，她的事迹让人折服。

西班牙王国的重建很大程度上归功于收复失地的战争，而如今和平安宁的世外桃源五百多年前曾是西班牙光复运动最后一仗的场地。

战争持续了整整八个世纪，到15世纪格拉纳达王国仍旧处于穆斯林信徒摩尔人的统治之下。

据说当时的圣德芬镇伊莎贝尔女王一身洁白，每天要沐浴更衣四次，美貌曾惊艳欧洲王室。

最后的一仗中西班牙士兵包围了格拉纳达却迟迟不能攻下这座城池。女王发下重誓，不夺取格拉纳达绝不脱下战袍。

终于在1492年1月2日，西班牙士兵长驱直入，摩尔人弃城投降。

那一日，美丽的女王亲吻了格拉纳达的土地，与丈夫费尔南德国王一起进入阿尔汉布拉宫。

西班牙最辉煌的历史就此拉开了序幕，并且就在这一日女王于格拉纳达广场接见了壮志未酬的哥伦布，最终两人洽谈成功，被任命为航海大元帅的哥伦布踏上旅程，就此开启了大航海时代的又一盛举。

以虔诚净涤灵魂

我们在这座城市逗留的时间很短，可是能够写的却很多。

旅程结束时间尚早，我们便和导游商量先把行李寄存在旅行社，约好时间我俩便徐徐穿越闹市，感受这座城市的黄昏。

伊莎贝尔女王接见哥伦布雕塑不远处便是格拉纳达大教堂。

随着夜幕降临，街灯次第亮了起来，映着漆黑的天幕街角边某座青灰色的大厦此刻就像灯火辉煌的巨大琉璃盏，美不胜收。

小巷内昏黄的光线柔柔地笼着街边的建筑和行走的路人。我们踏着干净的青石板穿街走巷，推开白色的门扉，青灰色的教堂矗立眼前，虽不如圣家堂那般夺目却还是让我们呼吸一窒。

这座原本打算建立成哥特式风格的大教堂最终呈现了一幅文艺复兴时期的面孔，倒也端庄华美得很。

这次旅行我们见了很多座教堂，不管是在西班牙还是瑞士，不管哥特式、文艺复兴式还是我们看不出的无名式，绝对每一座都是各有千秋，每一座都让人心生敬畏。

也许这就是信仰的力量。

教堂门是敞开的，只是一瞥之下我俩就鬼使神差地走了进去。

圣坛周遭点缀着许多白色的花，远远望去美丽圣洁，圣坛之上最中央的地方是圣母玛利亚的小型雕塑，周围的每一座雕塑必定又是各有一个典故，我俩挑了个最后面的位置坐下。

教堂里面有不少人，牧师正在为一个新生儿洗礼。大家都很安静，除了牧师低沉的祝祷之外，宽阔的教堂之内便回荡着婴孩清脆的咿呀声。

小小的一团在妈妈怀里扑腾，胖胖的小胳膊小腿儿一会儿也不肯安生，站在旁边的年轻父亲用慈爱的目光看着自己的宝贝，好温馨的一幕。

我俩既不懂洗礼的流程又几乎听不懂西班牙语，只效仿其他人的做法，他们跪在椅子下面的棉垫上祈祷的时候我俩也为小婴孩送上了最诚挚的祝福，前后左右互相握手的时候，我们也与后座的老太太相握微笑。

那样的情形，那样的氛围，内心出奇地平和安宁。

教堂庄严美丽的四壁圈出一个小小世界，在那里不存在尔虞我诈、不存在勾心斗角、不存在伤痛别离、不存在无奈失意，只有爱、温暖以及安宁。

在这个不知名孩童的洗礼仪式上圣母玛丽亚也会庇佑我们两个异国的陌生闯入者吧。

上帝必定也听到了我俩的祈求，为我们送上了最贴心的祝福。

当拒绝成为习惯

夜幕笼罩下的城市多了许多烟火气，街道边的小吃店聚满了人，笼罩在迷离灯光中的城市仿佛昼夜颠倒的睡美人，这才睁开了魅惑的双眸幽幽转醒。

取了行李离开旅行社之前，我们特意问了导游哪里有好吃的，那个热情的年轻男子甚至帮我们写好了菜名。

导游推荐的餐厅果然受欢迎，里里外外的餐桌座无虚席，连门口一个高高的小圆桌旁边都站着两个年轻人悠然品酒。

眼看时间不多，犹豫再三我们还是开口询问一对正在用餐的夫妇能否跟他们坐在一桌。

这样的行为很是唐突，不过他们还是毫不犹豫地答应了。

我身后一张大桌子上坐满了年轻的男女，听口音也是游客，他们每一个都是情绪高涨，欢声笑语传出去好远，连马路边经过的路人都好奇地转头想要看看发生了什么。

身边的夫妻用法语低声交谈，他们吃得缓慢而享受。桌子是露天的，他俩虽然身处喧嚣却悠然出尘，那是有修养的成年人专属的气场，淡然。

我视线转换间撞上门口正品酒的一个年轻人，他用英语大声问能不能请我喝一杯。

我几乎是下意识地脱口而出：不用了，谢谢。

对方很英俊，跟我讲话的时候表情也并不轻浮，也许他只是单纯地看到一个比较有眼缘的姑娘想要跟她说句话，又或者只是见我风尘仆仆想要给予一丝同是天涯飘零人的同情，甚至也许只是对我们的东方面孔比较好奇。

因为毫不犹豫的拒绝这一场邀请便就此干脆利落地画上了句号，不过也无所谓。

拒绝，因为天性敏感，我总是拒绝，而且往往还拒绝得彻底而决绝。

高中的时候班上转来一个男孩子，并不像总是会出现在故事中的男主人公那样桀骜出色，却还是让几个小少女蠢蠢欲动。

转校生坐在我旁边，我俩中间隔着窄窄的过道，他总是会借故找我说上几句话，到后来甚至明里暗里地暗示些什么，话里话外的意思大抵是马上就要高三了，要抓紧时间做些什么不要荒废了这青春，我不理睬，他便让他同桌的女孩来探听我的口风。

那时的我毕竟年轻气盛，连带着把那个女生都迁怒了，让她明明白白告诉对方，他要唱独角戏自己唱去，别烦我。

我的意思传达到转校生耳朵里之后，他便在下课十分钟里阴阳怪气地唱了好久的《独角戏》，男孩子们心照不宣地哄堂大笑，他们看我时暧昧的眼神实在让人恼火，第二天上午我便直奔班主任办公室，执意要他帮我调座位。

班主任是个古板的人，不允许男女生同桌，独独对我例外，高中三年里大概有两年半坐在我身边的都是男同学。他的苦心我懂，作为理科班的女孩子，我的语文、英语和化学都非常好，只是数学和物理却差的很，他希望我和那些文科类科目并不是十分出类拔萃的男孩子能够互相帮助共同提高，我当时的同桌便是班级里最优秀的男生。

虽然我对换座原因三缄其口，非常偏爱我的班主任还是答应了，只是在我搬离原位之后把我原来的同桌叫出去谈了好久的话，以为他欺负我了。

过去那么多年的事情了，现在想来依然清晰得仿佛就在昨日。

当时我的厌恶表现得那么明显、拒绝得那么决绝，以至于时隔一年，有次因为收作业跟那个男孩子讲话时，他怔了良久才说：我以为你这辈子都不会再理我了。

他的眼神告诉我，他很受伤，后来临近高考他就搬着东西走了，此后再没见面。

班主任毫无后顾之忧地帮我安排男同桌是有原因的，因为他知道我会心无旁骛地学习。

从来没有任何依仗的孩子是无暇顾及风花雪月的，他懂。

大一的时候某次有个其他系颇为飞扬跋扈的男生要我的联系方式，我傻乎乎地给了，然后他就开始给我打电话，一天一通，我不胜其扰，拒绝。

他也算个风云人物，非常有经商头脑，靠自己努力在大学期间买了车子，家里的几个妹妹都是他供着读书的。

优秀的人物往往自视甚高，这样的人被拒绝了自然会生气，所以来年学生会一些成员摆了服务站在门口迎新的时候，他拿着一大袋葡萄请所有的人吃，独独在我面前晃了晃，自说自话："想吃吗？就是不给你。"

现在想想他当时的神情都觉得搞笑。

不成想，这样的一个人竟然会第二次对我示好，而且可以算作面面俱到，无微不至。

其实也不是不感动，只是他的感情太过浓烈，我终究还是无法接受，拒绝他带我出去吃饭，拒绝他帮我买的许多礼物，拒绝他送我回家。

他说得很诚恳，"我不去你家，就是觉得你东西太多，把你送到家，我就乘下一班车离开，好不好？"

我禁不住动容，却依旧说："不好。"

曾经也不是没有动摇过，只是终究无法过自己这一关，在来年情人节那天跟他说了对不起。

对不起，我不能接受你的好。

喜欢一个人不是迁就也不是将就。

满满的感动终究还是抵不过一个残酷的事实。因为不喜欢，所以如此决绝地拒绝，不管是第一次还是第二次。

而发生在之后的另一件事情就更加戏剧了。

跟我家住对门的叔叔和阿姨很喜欢我，他们家家境非常殷实，一女两儿。

大儿子情事混乱，曾经有相处了很久却被甩了的女孩子闹上家门。

住得这么近，抬头不见低头见，虽然我因为读书不常在家却还是对这位大公子的事迹有所耳闻。

大二那年暑假回家，叔叔的小儿子高三，英语很差，让我过去补课，一个月课程结束我没有收取一点报酬。

有一天叔叔过来找我说要带我去爬山玩，当时想着在家无聊就跟着去了。

谁知同行的并非只有二老，还有大公子和他的一位女同学。路上大公子和女同学玩得欢乐不已，我一个人远远近近地走着，虽有二老照拂，却实在尴尬。

后来才知道二老本来是想撮合我和大公子的，奈何大公子喜欢这位二老都不待见的"女同学"。

隔年大公子成功迎娶女同学回家，小公子去一所专科院校读书，眼看我马上就要大学毕业，放假后我前脚到家二老后脚进门，问我将来打算，还一个劲儿猛夸自己小儿子。

我妈说其实阿姨连我俩的八字都算了，还说那个比我小一岁的小公子跟我是绝配。

事情变得愈加尴尬，小公子常常跟着阿姨来我家做客，叔叔还每天晚上监督将近两百斤重的小儿子减肥。

我一阵恶寒，想着假期结束就可以躲开这一家的"青睐"了，不想有一天突然收到一条表白短信，竟然是小公子发来的。

我果断拒绝了。

跟爸妈撒娇怄气时，还要躺在地上打滚的大孩子我受不了，即使他家庭条件优渥到我们这种小家庭无法想象的地步亦是不行。

在我的世界里，金钱跟感情从不等值。

转校生从高中之后再与我没有任何交集。

至于第二个男生，有次过节给之前的老师发信息，不想那位老师已经换号，旧号码他外甥也就是这个男生在用，在回复了一条信息之后，他立马又打了电话过来，两人草草地聊了几句便再没联系，现在他应该已经结婚生子。

听说叔叔阿姨原本是计划好了的，若是当时我答应了，便用钱给小公子砸一条镀金之路出来，当然被镀的也许还有我，若是我没答应便会送他去军校。果真，后来小公子被送去军校接受残酷的训练，多次打电话回家哭着让家人接他回去。后来种种原因，我家搬走，也就没了他的消息。

这三个故事算是分别截取自我懵懂的少年时代，灿烂的大学时光以及后来辛苦的研究生期间。情窦初开也好，滔天深情也罢，冲动幼稚也罢，他们都曾参与过我的人生。

感情是两个人才能玩得转的游戏，我的不配合使得我与他们的人生轨迹如两条笔直的相交线，短暂的交集之后便各自越走越远。

只是，我都不后悔。

我们总是面临各种各样的抉择，说了 yes 或者 no 绝对会是完全不同的结局。

只是选择了盐巴的苦涩就不要再向往蜜糖的甘甜。

也许我拒绝了一杯啤酒，失却了一次浪漫的邂逅或者一个很不错的异国好友，但是那又怎样呢？

鉴于对与错、是与非之间的灰色地带很危险，对不喜欢的、不确定的、无法承受的干脆说不，纵使错失，我也绝不后悔。

鱼与熊掌不可兼得

点餐的时候我和 Helen 依旧是老规矩，只要了一样食物分吃。

我们点的是导游推荐的一款食物，主要成分为虾和蘑菇，味道很不错，只是那么一小盘看起来实在寒酸，尤其是与我们同桌的夫妇面前菜式那样丰盛，两相对比，实在不忍直视。

为了降低预算，或者省钱做一些其他奢侈的事情，我们一路行来在吃食上基本都是如此，寒酸着寒酸着也就习惯了。

只要不在乎别人的眼光，那么有些事情做起来便可心安理得。

无权无势、毫无家庭背景和经济后盾的我俩从读书期间就不得不在陌生的城市里默默努力。Helen 尤其疯狂，某段时间她因为工作强度太大、作息严重不规律导致内分泌失调，长了一脸的痘，几乎毁容。

我不敢妄言那样的付出所得到的回报值不值得，在独自打拼这条路上我们的想法惊人得一致——从来没想过要靠别人。

在我们未来的计划里从来都是我想要什么，要自己努力多少年可以实现这个愿望，只是她对金钱比我更加执着。

我天性懒散，工作之余喜欢安逸的生活，而她恨不能把一天二十四个小时都填得满满的，偶尔得闲就觉得浑身不自在，她说这样没钱赚心里不舒服。

我问她为何对金钱这么执着，她说没有钱就没有安全感。

对于她的说法我不是很苟同，毕竟在很多事情面前金钱也无能为力。

只是很快我就发现我错了，金钱无法换取的毕竟只是少数，而大多数时候没有金钱就等于无能为力。

这个世界有时候就是这样现实，总是一盆又一盆的凉水兜头而至不容你对它抱有一丝幻想，只好跌跌撞撞磕磕绊绊地在逃避现实的路上被拽回去直面残酷。

是的，有时候对生活真是失望透顶。

　　昨天跟同学聊天，她一叠连声地叹气，好似生活的不如意已经无法承载，我不厌其烦地安慰她没事的，很快就好了，凡事要积极，不要总往坏处想。

　　她感慨：你现在好积极啊。

　　我答：我一直都很积极。

　　还是前面说过的那句话：既然生活给了你一万个你灰心失望的理由，哭过、痛过、抱怨过、绝望过后，为何不能再给自己找十万万个坚强振作勇敢活下去的借口，顺着它的意思来你就输了。

　　人生无法彩排也无法重来，它就像多米诺骨牌，一步错步步错，不要尝试报复这个世界，形形色色的小说告诉我们，报复多会作茧自缚，倒不如看得开些，按照自己的本心来。

　　中学课本告诉我们，鱼与熊掌不可兼得，渴望金钱就得付出努力，渴望远行就得忍受风雨；渴望爱情就要付出真心。

　　是以现在，我们在热闹的马路边，跟一对优雅的夫妇坐在一起，两人共享一份少得可怜的食物。

　　不委屈。

　　再见了，格拉纳达。

第三站

风暴之城——马德里

　　境由心生，开心的时候视线在哪里风景就在哪里，不开心的时候视线在哪里惆怅就在哪里。

　　有时候我们是如此固执而又唯心的生物，非得惊才绝艳到无以复加的事物才能生生弯折我们的意志，以绝对性压倒的态势进入心扉。

心情阴了天

辞别了西班牙境内最具有伊斯兰风情的城市，我们连夜乘坐巴士前往首都马德里。

到达马德里的第一天，我的心情跌到了谷底。连日奔波的劳累已经让人疲惫到了极点，偏生这座城市的天气还完全不似巴塞罗那的温暖美好。

依旧是低气温的清晨到达，依旧是兜兜转转找不到方向，下了地铁街上的行人还很少。许是刚下过雨，空气潮湿压抑，不知道是心情作怪还是怎么的，连指路人的眼神看上去都是阴鸷的。

我带的衣服很少，除了夏天穿的裙子只有一件冬衣是为瑞士雪山准备的。马德里的天气虽冷却也还没有冷到让人穿冬衣的地步。到了旅馆洗漱休整好之后，我就那样穿着裙子凉鞋外面套着 Helen 的大毛衣，裹着围巾一脸疲惫地跟着她出发。

说实话，到这个时候已经是真心累了。

走之前朋友叮嘱：好好玩，打扮漂亮点，拍美美的照片回来。

只是当时刚到马德里的我已经累到连在脸上涂涂画画的心思都没了，更别说衣着形象了，最可恶的是因为上火毁了容。

凉鞋漏风，脚趾冰凉，随着步子的节奏，同样冰凉的长裙下摆摩挲着小腿，简直

像是挑衅般惹人生气。

　　刚好周日，街上几乎所有的商店都关门，青旅老板说附近有跳蚤市场，很热闹，可以去逛逛。

　　市场的确不远，地铁站旁边以卡斯克罗广场为中心向外辐射的地方挤满了小隔间，大排档式的商铺密密匝匝，拐了个弯之后竟然绵延好几条街。

　　一路看过去并没发现什么感兴趣的东西，而且细看之下就会发现好多东西都是made in China，不由感慨壮哉中华，只是那些衣服鞋包质量明显不怎么样。

　　人群熙熙攘攘，不知道是购物的多还是看热闹的多。

　　买家与卖家中有很多不是西班牙人，各种腔调的英文混杂在一起，实在有趣。双方积极地讨价还价，买家努力作出一派云淡风轻其实小爷并没有多稀罕这东西的姿态，卖家则尽量表现出的确已经吃了好大的亏绝对不能再大放血了的痛苦。

　　这是一场演技的搏杀，双方都是实力派演员，经常难分高下，若是有幸成交，双方脸上的神情俱是一松，在对方转身的刹那露出跟小爷较量你还有点嫩的志得意满，也不知道究竟是哪个傻瓜骗了哪个傻瓜。

　　这样的情形若是之前没怎么见过，也许还真会觉得不错，只是在一堆外国人中间挤来挤去淘二手货还得时刻提防我们那可怜所有物被盗的危险，那感觉甚至还比不上在家乡逛庙会舒服热闹。

　　我们兴致缺缺地逛了一圈，天空放了晴，便从另一边的马路上穿越了整片住宅区按照地图的指导到达了太阳门广场。这个时候我已经学会看地图了，而且基本不会出错。

不因等待而蹉跎

进入太阳门广场的时候，我并没有为它的美丽而多有感触，第一印象就是一座大杂院。

行人旅人三五成群地坐在石板椅上聊天休憩，很多街头艺人散落在广场的各个地方用自己的方法招徕顾客。

小孩子们聚集在一起追逐吹得很大的七彩泡泡，乐此不疲地做着同样的小游戏，未谙世事的他们的世界非常简单，有特权淋漓尽致地发泄情绪，乐了喜了就开怀大笑，痛了伤了就张口大哭。

因为简单，所以更加容易发泄情绪，因为容易发泄情绪，所以悲喜都是那么鲜明。看上去自由得让人心生羡慕。

Helen 让我拍照，我只好刻意摆出几个苍白的笑容。

其实之前的很长一段时间我都是不喜欢拍照的，觉得留在照片上的笑容如此虚假造作，并且还骄傲地告诉别人，我不喜欢拍照，因为我爸爸就不喜欢。

后来有个摄影师告诉我，不喜欢拍照只是因为你还没有遇到一个好的摄影师。这句话让我铭记很久，觉得很有道理，只是随着成长，当初的领悟又渐渐淡泊了。

等到马略卡岛上 Jack 说拍照是为了 seize the moment（抓住瞬间）时，我才终于想明白：拍照并不是为了炫耀，而是为了纪念，为了缅怀，为了在安慰别人的同时也告诉自己我很快乐。遑论美丑、上相与否，都不应该拒绝拍照，美的可以与人分享，丑的可以留给自己珍藏。

照片能够让转瞬即逝成为不会褪色的永恒。

蜉蝣人生，你不能为了等待合适的摄影师便任由某个时期的笑容渐渐在记忆中荒芜，同样的，学生不能因为等待好的老师出现而拒绝好好学习，员工不能因为等待赏识而不恪尽职守甚至封存自己的才华。

人生，不能因为等待而蹉跎。

不管是爱情、生活还是事业，没有什么是可以时时刻刻尽善尽美的，等待就意味着错失，而错失总是让我们追悔莫及。

与其后悔，不如退而求其次，不如从此刻开始将自己在不完美的镜头前展现得淋漓尽致。

起码，这样的人生是酣畅的，是可以追忆的，不是吗？

在我俩互拍留影的时候一个穿西装面颊涂得白漆漆嘴唇红艳艳的小丑打扮的人突然上前，把放在胸前口袋里的玫瑰花递给了我，然后站在我身边摆出一个要亲到我脸上来的动作，还伸出手臂让我挽着，示意 Helen 拍照。

当时 Helen 表情有些怪异，我则更不待见这样主动跑上前来的"示好"，不过还是冲他笑笑，挽了他手臂，接受了这莫名其妙的"合影"，只是事后非常嫌弃那几张照片，马德里的几天他那嘟起的红唇，雪白的脸颊一直让我心有阴影。

三张之后，他又跑过去拉了 Helen 做了同样的事情。

事实证明，这只不过是他赚钱的一个手段。Helen 给了他几个硬币，因为我们真的很穷，他大为不悦嘟嘟囔囔地走了。

从此我决定，以后不管别人表现得多热情，也再也不要挽上莫名其妙人的手臂。

巧克力油条

广场里阳光虽好却并不暖和，最后我搓着冰凉的手跟着 Helen 去吃享有盛誉的巧克力油条。

油条在中国非常常见，尤其是北方城市，得益于能干的老妈，我打小没少吃好吃的，只是油条蘸巧克力还真是闻所未闻见所未见。

当地最出名的巧克力油条店里面挤满了人，店面也很有特色，四周的墙壁上贴满了到店里品尝过美食的各色名人。

所谓广告效应便是如此，在你没亲口尝试之前只觉得这东西天上有地上无，一定得吃上一回才不枉此生，可是等到真的入口了方见真章。

好吧，我承认，一吃之下更想念老妈的手艺了。

等到后来在瑞士尝过鼎鼎大名的芝士火锅之后，对大家口中的美食之最再也不敢恭维。

特色倒是很特色，也不能说人的味道不好，只是作为东方人的我们不习惯。

人在异国他乡，最想念的便是国内的美食，便宜实惠，味美可口。

从此我们深深觉悟，生在中国真幸福，回国一定要好好珍惜每一顿吃饭的时光。

风吹散了谁的长发

饭后一路行走，中途见到一个金发妇女在摆一个奇怪的 pose 拍照，等她走后，我们才发现先前她双手放的位置是一座男性铜雕的臀部。很明显，这位可怜的男士曾经遭受众多人的非礼，臀部两块颜色亮光闪闪，分外惹眼。我俩摇摇头，同情地走了。

美景是有治愈功能的，纵使我情绪千般低落，在马德里皇宫面前也得把一腔幽怨放到一边——太美了！

此刻的天空就是倒悬的大海，狂风将阴沉沉的乌云吹成了波浪般的白色，湛蓝的天幕下一条条白色浪潮滑过欧洲第三大皇宫顶部呼啸着汇聚远方，仰望，唇角不觉就浮上了满足的笑。

青色的宫墙、十字架的塔尖、精制的雕刻，一切都是那样完美，仿佛只要耐心等待不久就可以看到衣着华美的国王手牵美貌无双的王后出现在某个窗口。

曾经高高在上的皇家宫殿而今就这样以如此亲和的方式出现在眼前，我俩实在不舍离去，是以在明媚的阳光下玩了很久。

所玩项目正是一路上我们乐此不疲的活动——互拍。

我们的头发都很长，每次都是刚摆好动作头发就被大风吹得凌乱不堪，所以很长一段时间我俩都在互相挑剔对方的拍照技术，譬如：哎呀头发挡脸了，你看你看别人抢我镜头了，干嘛光挑我说话的时候抓拍巴拉巴拉。在这样美的宫殿面前，我俩都恨不得换张明星脸才能觉得跟它相称。

其实最后翻照片的时候才发现那天的照片拍得几乎是最差的，当即后悔不已，安慰自己，算了，自己丑才更能衬托宫殿的脱俗……

中国人的阿 q 精神真是疗伤圣药。

路边震撼

尽管阳光明媚，风吹着还是冷得很，我俩追着太阳一路往前走去，我时不时紧紧身上的大毛衣，恨不能把自己裹成个粽子。

巴塞罗那兰布拉大街上的街头艺术形式多样，靠近哥伦布纪念碑的地方最多的则是真人雕塑，道路两边几乎每隔几米就是一座。当时我们且行且停，没少研究，却也只是佩服他们的创造力和毅力，而马德里大街上当我再次看到熟悉的艺术形式的时候只想到了两个字——震撼！

这次旅行实在太美，我用过很多的形容词来赞扬所见所闻，却独独没怎么用过震撼，而现在，在写到马德里某条毫无特色的大街的时候我用了，而且眼前所见也绝对当得起震撼二字。

街道旁边也是一座真人雕塑，红色泥土包裹下右边一人手拿陶罐正在专心致志地给左边的人往手中倒水，而左边的人则用一种无法形容的眼神定定地看着前方，路过的时候我甚至不敢与他对视。

我并未找到这座雕塑的艺术原型。其实有无艺术原型都无所谓，他们往那儿一站就已经是最震撼人心的艺术作品。

两人身量都不高，而且都身负残疾，右边的人缺了半截右腿，左边的人我自始至终都没找到他的腿。

再也不是兰布拉大街上那种给他们前面的箱子里放一些钱就能看到他们欢快地动起来的雕塑了，大街喧嚣，却在这座"雕塑"面前归于寂静。

震撼而不敢直视。

当时除了前面箱子上的"gracias"（谢谢）之外，其他字迹我一概不认识，后来查过才知道，两人身下石头上面所写的gemelos petrificados是"石化双胞胎"的意思，至于上面小木牌上所写到现在都还是个迷。

他们跟我们不是一样的人，却比我们中的很多人都要伟大，残缺在这里不是乞求怜悯的道具而是令人震撼的艺术。

在上海乘地铁总能碰到一些或残疾或拖家带口的乞讨者，有次有位残疾人一路从前面一截车厢爬过来，无比凄惨可怜地请求大家给予施舍，不少人纷纷解囊，结果马上地铁到站，那位因为一条腿残障到只能在地上爬行的大叔竟然站起身拍拍裤子上的土，走了?!

自此每次地铁上见到形形色色祈求同情的人感觉都无比怪异。有时候甚至想到《贫民窟的百万富翁》里那些被故意烫瞎双眼放到各个地方乞讨的小孩子。

有阳光的地方就会有阴影，几乎在这世界的每个角落不幸的事情每天都会上演。只是这又是个无法求得真相的年代，连乞丐都造假了。人心叵测，良善的眼睛于黑暗中看不到出路，真正的弱者无法得到大家的垂怜。

在那个地中海岸的西方国度，我们一路走下去，全程一位犀利哥都没有看到，也许我们所到的城市、所走的街巷正好与他们擦肩而过。起码那一刻面对街边的艺术时我是敬佩的，而且是两位残障人士带给我一个四肢健全的异国人的震撼。

我深深折服，为他们的艺术，更是为他们的勇气和坚强。

努力，哪怕只为不辜负自己的双手双脚。

勇士的疆场

我们在马德里待了三四天，其中有一天的安排是去看斗牛表演。

有人说它太过残酷应该被取缔，有人则不然，是以斗牛作为西班牙特有的古老传统在大部分地区还是被保留到了现在。

出了地铁站，一座斗牛雕塑赫然就在眼前，踌躇满志的斗牛士后面跟着奔跑状的斗牛，在这座雕塑后面便是威风凛凛的红色范塔士斗牛场。

斗牛场占地面积很广，为古罗马剧场式圆形建筑，场地露天，光看那数不清到底有多少排的座位就知道这项活动曾经有多么受欢迎。

入场后坐在冰冷而狭窄的石头长座上，我不由得抬眼望天，天很蓝、云很美，巨大的斗牛场一半沐浴在阳光中一半隐藏在阴影里，虽然观众稀稀拉拉，鉴于场地巨大还是来了不少人。

随着音乐奏响，斗士们次第进场，先是骑着高头大马的，马匹身上披着类似护甲的东西，随后便是拿着艳粉色斗篷步行上场的斗牛士助手，他们时不时挥挥手中的布匹，像是因为情绪太过激动又像是在炫耀什么。

很熟悉的斗牛乐，乐队就在我们座位前不远处，有位演奏者是个消瘦的带着墨镜的少年，演奏起来分外卖力，看的出对于即将上演的斗牛他也很激动。

场上的每一个人物都挺直腰背，很是骄傲自得的神态，尤其是骑在马上带着圆边帽子的斗士们。

斗士们巡场结束，一头壮硕的公牛被放入场地，观众席上一阵欢腾，吹口哨的吹口哨，欢呼的欢呼，轻佻而又狂热，只是貌似那只主人公并不知道即将会发生什么，有些懒洋洋地绕着场地走了几步就停下了。

这时场地对面有斗牛士助手冲它挥舞手中的艳粉色的斗篷，这么明显的挑衅轻而易举地就激发了公牛的斗志，它一路狂奔而至，压低了双角以待宣泄愤怒。

沙土铺就的场地周围，也就是观众席的前方有一圈红色木板遮挡的围栏，方便工作人员进进出出，独特的小门设置也是斗牛士助手们绝佳的庇护所。

公牛双角撞上那片令它分外激动的艳丽斗篷，只是它却轻飘飘地闪开了，然后是再一次的引诱，再一次的攻击，再一次的失败。

那么多的斗牛士助手一个一个地冲着公牛抖动手中的斗篷，原本懒洋洋的公牛此刻显得斗志昂扬，气势汹汹地冲着某个斗牛士助手狂奔而去，对方见势不妙在最后一刻身手敏捷地闪到了场地周围的小门内，端的是身手漂亮，公牛只能喘着粗气徒劳地用双角跟厚重的木门对峙。

这只是最初的一轮消磨力气战罢了，很快正式的斗牛士拿着鲜红的斗篷上场，他们不再逃跑隐藏，而是纯粹的挑衅与潇洒的躲闪。

口哨声喊叫声此起彼伏，我们身后有人用我们听不懂的语言高声喊叫着，站起身，捏紧双拳，瞪大双眼，让人甚觉恐怖。

偌大的场地、震天的喧嚣、热情的观众、卖力的场中人，这样的情形与巴塞罗那的球赛多么相似，只是却再也无法给我们带来欢乐与震撼。

之前穿着护甲的马也出场了，骑士们一个劲儿地挑衅公牛，于是它便抛下那些总是能够轻飘飘闪开的斗士们，转而攻击马匹。

不知道那些马匹经过了怎样的训练，面对狂奔而来怒火滔天的公牛并不逃跑，任由它坚硬凌厉的双角攻击他们柔软的腹部。

难道是因为有护甲而有恃无恐？

我错了，很快马腹的护甲上便显露斑斑血迹。

某位斗牛士一个腾跃在牛背上刺了一个白色的标竿，其他人也不甘示弱，接着是第二个第三个，很快那些白色的标竿便变成了鲜红。

来之前，我和 Helen 都不熟悉斗牛的流程，唯一的认知只是斗牛士、牛、红布子。而且我们的座位离得斗牛非常远，虽然能够看到，却无法看清挂在牛身上的白色到底是为了什么。

中间斗牛绕着场地奔了一圈，近距离看到之后我恍然大悟，只觉全身一阵寒凉，我抓住了 Helen 的手，告诉她："是血，是血染红了那些白色的标竿"。Helen 与我对视一眼，两人不约而同皱起眉头。

至此我俩一直一瞬不瞬地盯着那头挂满血色的斗牛以及血迹斑斑的马肚子，一直到最终斗牛被屠杀，在激扬的乐声中由装点着鲜花的马车绕场一周拉下去。

震耳欲聋的呼哨声中我脑子一片空白，天空蔚蓝、云朵依旧很美，只是沐浴在阳光下的身体冷到几乎要瑟瑟发抖。

诚然，斗牛士们勇敢、聪慧、敏捷，在这个场地上他们是绝对的英雄。也许他们代表的是在任何威胁侵犯面前都坚强不屈绝不低头的灵魂，非常值得赞赏敬畏，只是

我却觉得每次成功避开公牛的攻击之后那些腆着肚子冲观众席鞠躬的勇士简直有些哗众取宠的嫌疑。

长这么大，我第一次直面暴力与屠杀，战斗和鲜血，尤其是看到原本活蹦乱跳的公牛最终被以那样痛苦而挑逗的方式杀死，只觉心中憋闷难受。

这是一场注定流血的表演，而且还是不死不休。

一个民族的文化有许多种表现形式，勇敢也是如此。

很多电视剧中某些角色临死之前痛苦不堪，会央求别人帮忙来个痛快，而在这个场地中，斗牛是不具备这项特权的。它们的义务便是耗尽全身力气，流出大量的鲜血来成就斗牛士的荣耀、彪炳他们的功勋。

深处牢笼的它们也曾挣扎过、愤怒过，有的斗牛甚至曾经越过木栅栏跳上过观众席，有的斗牛曾经在垂死之际用自己坚硬锋利的角刺穿过斗牛士的咽喉。

只是纵使鱼死网破，它们的结局也只有一个——死。

斗牛的一生何其悲哀。

当然悲哀的还有游走在生命边缘、随时都可能被野性报复的斗牛士。

心情沉重地离开斗牛场的时候，背后依旧热闹喧哗，那是强者的世界、勇士的疆场，我们的心太软、性子太弱，注定无法跻身。

后悔我俩禁不住好奇目睹了那样的一幕，此生无论如何都不会再观看斗牛表演。

寒酸的购物

身处异国他乡，我们的一日三餐也倒了时差。

一路上我们没怎么买过水果，而且西班牙的水可以直接饮用，我俩喝的基本都是自来水，只是喝了会掉很多头发。

看完斗牛我们心情郁郁，在青旅附近的街巷乱逛，打算找个地方吃晚餐。

沿途有很多印度人热情地招徕顾客，只是他们的眼神让人惴惴，我俩避之不及。

我特别喜欢印度文化，而且非常热衷宝莱坞电影，就连世博会去的第一个展馆都是无什特色的印度馆。

那个国度于我而言是古老神秘的，是美和神圣的象征。只是事实却又如此恐怖，不断有妇女被侵害的新闻出现，让人始终望而却步。

奇怪的是，我跟印度人还颇有那么些狗血缘分，就连在巴塞罗那街头问路都能碰上过度热情的印度人。

对方是个消瘦的中年人，不断跟我和 Helen 讲什么相见即是缘分，是神让他走错了路，然后便在向同一个警察问路的时候遇到了我。

临走时我凌乱的长发挂在了他西装的袖扣上，他又是一阵感慨，说这样的事情之前从没发生过，真正是神迹。不知道是出于炫耀还是想要让噤若寒蝉的我俩相信他不是坏人，他还拿出手机让我们看他和《风月俏佳人》中男主人公 Richard 的合影。

我对这个国家的人并无偏见，只是有时候他们的莫名其妙实在让人有些无可奈何，于是只能敬而远之。

Helen 说，以后一定要去印度看看，不过要群去，我深以为然。

来来回回逛了好几条街，我已经饥肠辘辘了，Helen 还没有要停的意思。我只好可怜巴巴地说咱们还是吃点东西吧，再这样苛责自己的话我估计连吃到祖国的美食的机会都没有了。

最终我俩分吃了一个比较大的名叫什么披萨其实有点像汉堡的东西。

后来 Helen 可能觉得我表现得实在太可怜，路过超市的时候进去买了四个鸡蛋，两个梨子，说第二天早上要给我煎鸡蛋吃，感动得我一塌糊涂。

正是有了这次寒酸的购物，才有了后来的那个两个饥肠辘辘的旅人和一个神奇的鸡蛋的故事。

整个旅程绝大多数的时间我们关注的重点都在山山水水风土人情上，只是现在想来才觉得其实有很多发生在我和 Helen 之间的小故事也很窝心。

生活中的很多事情便是如此，因为离得太近，所以容易忽视，就像眼睛和睫毛的距离。

韩国小帅哥金

　　这是一场绝无艳遇的奔走（仅限于我），又是一场艳遇不断的冒险（仅限于 Helen），归纳一下就是和气场强大的 Helen 在一起我这个小透明绝对没有艳遇的可能（抹泪）。

　　马德里的第三天我们的行程非常简单——去普拉多博物馆和索菲亚王后艺术中心陶冶情操。

　　早上我还在睡 Helen 就已经起床去上网了，走之前她叮嘱我可以继续睡一会儿，我便很不客气地又睡了过去。

　　在我们的疯癫组合中，我的神奇在于忙碌的行程中竟然还能看小说看到哭得一塌糊涂，而 Helen 这个姑娘的神奇之处则在于把睡眠时间缩到了极短，她的很多时间都用来迁就另一个人的时差跟对方聊天了。

　　等我迷迷糊糊醒来收拾妥当来到餐厅旁边的小网吧时，就见坐在高脚椅上的 Helen 正跟一个东方面孔的男孩子说着什么，她最典型的特色就是激动起来会指手画脚，我饶有兴致地看了半天她激情洋溢的肢体语言表演，最后实在憋不住笑了便开口喊她。

　　事后跟她讲起她全然不知道自己当时的样子也跟着笑，说很多朋友都发现了她这个问题。可是分明她在高脚椅上指手画脚的时候旁边的男孩子眼神很专注，绝对是被她的气场震慑到的样子。

　　被震慑到的那位就是我们旅途中相交比较深的韩国小帅哥金，很有想法的男孩子，大学还没读完就用自己兼职赚来的六万美金环游世界了。半年，辗转二十多个国家，该有多少可以拿来讲述的美好故事和传奇经历啊。在遇到我们之前，他已经旅行了三个多月，下一站是南美。

由于相谈甚欢，Helen 便邀请小金来跟我们一起共进早餐，每人一个煎蛋，可能是看我们大大的盘子里小小的煎蛋实在太可怜，有个韩国姑娘煮了意粉分了我们一些。

饭后，小金加入我们的闲聊，一起打发时光。外面下着小雨，还好我的伞足够大，能勉强笼住三个人。

小金先我们几天到达马德里，加上绝佳的方向感，绝对是一位很优秀的向导了，他带我们到了著名的丽池公园。

这个原为西班牙皇室专属的公园甚至成为我们在马德里看到的毫不逊色于皇宫的美景。

可能由于是阴天的缘故，公园里人烟稀少，一路向前，几乎看不到什么其他人。那大片大片的翠绿嫣红笼罩道路两边，远远望去仿佛前往梦境的通道。

低矮而整齐的冬青后面是高大的不知名植物，毛茸茸的样子，随风摇曳着，像是某些动物招摇而又华美的尾巴。

眼前乍然有喜鹊低低飞过，展开的翅膀周遭一圈白色的羽毛，潇洒漂亮极了。

这种鸟我并不陌生，外婆村的杨树林里总是有很多喜鹊盘桓不去，没人打扰的时候他们常会收拢了羽翼站在高高的树上于枝桠间梳理并不艳丽却绝对漂亮的羽毛，他们分外灵敏，只要稍微感受到陌生的气息就远远地飞走了。

而且家乡的喜鹊比眼前所见的还要大只，它们在空中掠过的身影总会让小伙伴们抬头望天，大大的嘴巴很久都合不拢。

外婆说，见到喜鹊是会有好运的。

小时候听了这句话，有事没事总喜欢去杨树林找喜鹊，长大了知道那样的说法不过就是给人个自我安慰的念想罢了。可是现在在异国他乡看到这种鸟的感觉却是开心的，甚至是他乡遇故知的惊喜。

从未离乡的人不会明白所谓乡愁乡思，等到身处异乡的时候才能够真正明白那是怎样深沉的一种感情，即便只是蛛丝马迹也能逗引出心底潜藏的海啸。

喜鹊，我已经不随便使性子发脾气了，你会给我们带来好运的吧？

我们三人一边讨论着家乡对于喜鹊的传说，一边追寻着喜鹊的翩然身影到了一片很大的草坪边。

满眼的绿色实在让人挪不开脚步，三人两两相顾，极有默契地扔下包躺倒在软绵绵的草地上。

对于打从到达巴塞罗那的第一天就已经开启了行走模式的人来说从旅馆到达公园的行走量实在不算什么，只是这一躺还真是百般舒爽。

天为被地为床，唯一的遗憾是没有星星看。到处都是绿色植物，空气无比清新，周遭也没人打扰，宁静而又惬意，在这样的环境里只要闭上眼睛还真分分钟就能进入梦乡。

天空暗沉沉的，躺到最后竟然飘了雨丝下来，我们则是任尔东西南北风，我自岿然不动。

一直躺到心满意足，我拿起相机抓拍还赖在地上的两人。很经典的桥段，况且两人男的帅女的美，就是相隔的距离有那么点远，不过这并不妨碍眼中闪耀着恶趣味光辉的我上上下下左左右右一路拍过去的兴致（这是得有多无聊啊），拍完我毫不留情

地把 Helen 拉起来，把相机塞给她，"来，给我拍给我拍，金不用动了，继续躺在原地做道具。"

金：……

许是喜鹊真带来了什么，经典小说桥段的氛围顷刻间被突然欢脱起来的我打消。

玩累了的我们继续前行。

其实这个地方并不在我们计划范围内，原本打算去另一个地方的，只是门票要现金购买，所以我们才会在小金的带领下来到了这里。

套用一句中国的古话，择景不如撞景，你永远无法预期脚步能够带你去到怎样美丽的未知远方。

就好比与心心念念想要得到的失之交臂，而不期然收获的也许更加美好，此之谓失之东隅收之桑榆。

人生在世，如果能够多一份随意泰然，前路或许会明朗幸福许多。

生活从不会亏待任何一个好说话的孩子。

随遇而安。

我的一见钟情

秋了，道路左边那片绿色不再纯粹，树冠上的叶子最是害羞，早早地就红了脸，一路烧过去，零星地散落在连片的绿色里，真正是风情万种。

相比而言，右边的树木脸皮就比较厚实了，不管是谁从它们身下缓步走过，不管经受怎样的赞美都依然是高傲矜持的样子。

一边高傲一边娇羞，一边苍翠一边嫣红，两排树木隔着过道枝叶纠缠的样子宛然一场盛大而美好的爱恋。

亲爱的，纵使躯干无法相守，我仍旧能够给你这世间最动人的柔情，黑暗中根相抵光明里叶相触，此生疾风暴雨，你我永不离分。

这是一条温柔浪漫到了极致的林荫道。

如果要用一个成语来形容第一眼看到它的感受，我绝对会毫不犹豫地用"怦然心动"或者"一见钟情"。

若是再让详细描述一下，我都想用"一顾倾人城再顾倾人国"了。

大学的时候一个外教曾经笑说美在我眼中至少会放大一倍。但是真正在面对钟爱的东西时你会觉得给予它的喜爱放大多少倍都不为过，即使它只是别人眼中的微不足道。

它就是对了你的眼，倾了你的心，好比情人眼里的西施，无论是淡妆还是浓抹，怎样它都是最好的。

这是一个梦，梦里有最美的相守最美的爱情。

只要望不到前路的尽头，是不是就永远不用醒？

"走吧。"小金说。

我惊愕，思绪就此回归现实，刚刚竟然发了那么久的呆。

仔细想想，不禁自己刚刚的小娇情莞尔，有时候脑子里想法奇奇怪怪，难道当真大脑沟回跟别人不一样？还是伤春悲秋的小说看多了，自己便也中了毒？

"想什么呢，半天不作声。"Helen 问。

"伤了会儿春，悲了会儿秋。"我笑，又冲她道："这么漂亮的马路不压白不压，你跟小金快过去摆几个 pose，我帮你们拍照。"

由向导荣升专业道具户的小金倒也大方，我和 Helen 要他怎样他便怎样，并且貌似还傻乎乎的挺享受。

于是我们的相机里便出现了"专业压马路三十年，质量信得过产品"好多张，坐着的，走着的，单人的，双人的，情意绵绵型，深情互视型等等等等。

一直把人当道具有点不好意思，我决定帮小金拍几张单人照，便冲他喊："小金，没病走两步。"

显然小金并不明白其中深刻的文化内涵，但这并不打扰他积极配合的热情，原来他还是一潜藏不露的 pose 帝，登山样的走姿尤其个性。

这样美丽的林荫小道公园里有好几条，路边还有深褐色的木质椅子，放下包袱坐一会儿，放下过客的身份，享受片刻的慵懒和安宁。

心在哪里，归属就在哪里。

好似只是这样在光影里安然静坐，

年华就倏忽逝去了。

感谢你曾给的微不足道成就了我现在的处变不惊

不同人眼中的风景

每次到达一个新的城市，只要有时间我们总会去博物馆逛逛。

Helen 说，即使看不懂也要看看，权当陶冶情操。

从巴塞罗那开始，我们一路大大小小去了不少博物馆，知名的不知名的，抽象的具象的，走马观花也好专心致志也罢，反正既然走进去，就要从头看到尾，除非遇到什么不可抗力，否则绝不半途而废。

久而久之我便培养了一种能力——自我想象。

有时候我会从抽象的线条里面具象出某个画面，再赋予相关的象征意义，有时候则把堆砌在一起的颜色当成某种混乱狂躁的情绪，想象作者是以怎样的心情表达出这么浓烈的视觉冲击。当然有图有样的欣赏起来就更加容易了。

毕竟一百个读者眼中有一百个哈姆莱特，我自我安慰说自己不过看到了别人眼中看不到的风景。

由于普拉多博物馆免费开放时间在下午，中午我们便去了一家画廊，里面陈列了许多很不错的画作，尤其是在我这种绝对的艺术文盲看来每一幅都具有显而易见的美感和值得仔细推敲的深意。

有一幅画大体是这样的情景：画作前端最清晰的是一个潦倒的男子躺在长长的石头椅子上，表情非常惆怅，他身后一男一女亲密地相拥而立，远处好似大海又好似天空的地方几条长长的线牵引着的小船里坐着面目模糊的三个人。

我问小金他从图中看到了什么，他说有一家三口在公园里玩耍，其乐融融，另有一对情侣在看风景，还有一个人不喜欢这个公园，宁愿在石椅上睡觉。

Helen 认为画的是社会上三种人不同的生活状态，有人独自惆怅，有人志得意满，有人享受天伦。

我则想到三个故事版本：第一，丈夫跟踪妻子到公园却发现妻子外遇，看着别人一家三口享受天伦，他只能绝望地蜷缩在角落里的椅子上；第二，一个落魄男子在冰凉的石椅子上想象自己总有一天能够抱得美人归，并且最终家庭和美幸福；第三，失去一切的人追忆过去美好的婚姻和温馨的家庭生活，追悔莫及。

后来旅行归来又问了研究生期间的师兄，他回答得很干脆：一个在睡觉，两个在飞，三个在享受天伦。

小金和师兄的答案非常客观，基本都是毫无添加的情景还原；Helen 看法很深刻，思想上明显上升了一个高度，而我的……非常容易暴露职业。

事实证明人与人思考看待问题的方式是不一样的，你可以被理解被尊重被欣赏甚至被同情，但是千万不要奢求感同身受。

有些时候并不是他不在乎，只是无能为力而已，没必要无理取闹，只因生来便有代沟。

其实这样也未尝不好，差异给了我们互相分享的契机，哪怕只是浅尝辄止。

乌云背后的幸福线

离开马德里的飞机清晨出发，我俩匆匆忙忙在偌大的机场里办理手续，突然Helen说糟了，她妈妈送她的金戒指好像落在旅行社了。说完她一阵翻找，还是失望，便急急忙忙给小金打电话发信息。

还在睡觉的小金也不含糊，忙起床去我们所住的地方寻找。一边焦躁地等待，一边办理好了登机事宜，Helen坐在椅子上不懈地翻找，我则无奈地看着她。

总的来说，这是个精明强干又非常迷糊的姑娘，在她身上总能发生各种奇奇怪怪的事情，最离谱的一次是她在法国交流的时候。为了爱情她不顾一切奔赴英国，后来返回法国的时候却在海关被卡住了，因为出国前她只办理了单次入境手续，可怜巴巴一个人在海关等了很久，最后还是被富有同情心的工作人员放行了。

也许这次运气也不会差？

就在我胡思乱想的时候，她冲我晃晃手中的戒指，找到了，在相机包里。

我：……

前一晚，我因为要早起，早早就睡了，都不知道她跟小金聊到了多晚才睡，缺觉的人容易犯迷糊也情有可原。

登机的时候刚好日出，机场大大的落地窗前，只见天边密集的白云都被镀上了一层金色，很自然地就想起了之前看过的一部电影《乌云背后的幸福线》。

糟糕的前婚姻，糟糕的旧感情，糟糕的新缘分，糟糕的新开始，不算糟糕的相处以及完美的结局，很不错的电影，中间有好几个镜头我都非常喜欢，下载下来，心情不好的时候再一遍一遍地看。

其实一路行来当真不容易，我们的旅程总是会遇到各种各样不期然的问题，今天早上的意外，只算其中最不起眼的小插曲。

糟糕这种经历总是会不知不觉缠上某个人，就像接连不断的阴雨天，沉闷压抑找不到出路，乌沉沉压下来，让人无法喘息，甚至有时候焦躁不安，自暴自弃。

情绪可以宣泄，但是要笃信积极，学会在埋头痛哭之后坚强仰望，即使风再大雨再急，即使路再难心再痛，总会在某个黄昏或者清晨拨云见日，然后幸福绵长。

Every cloud has a silver lining.

第四站

云浮之城——马略卡

遇见

佛说，前世五百次的回眸换来今生一次擦肩而过。

我并不笃定是否真有前世今生，只是爱绝了那些动人的传说。

记得很久之前看过一个故事：女孩为了能够再次见到她心仪的男子，在佛前苦苦哀求，佛祖答应了，五百年的修行之后，她终于与他相见，那一世她是路边的一株姝丽野花，他远远回眸相顾。

女孩求佛，希望能离他近一些。佛允了。五百年后，她是桥上的一块石头，他从桥上打马而过。

女孩深感痛苦，因为她多么希望能够触碰到他的容颜，佛又允了，又是一千年的修行，她变成了一棵树，生长在他必经的路上，连日赶路疲累不堪的男子在树荫下乘凉，沉沉睡去，梦中有人轻抚他的脸颊，一觉好梦，男子起身，摸摸树干感谢它赐予安眠。

一念花开，愉悦你心；一念成树，赐你凉荫；一念化石，感受你轻捷而过的脚步的触碰。

佛问垂泪不舍的女子，是不是还想要做他的妻子？

女子决然摇头，不了，几世痴恋，已经圆满。

佛垂首长叹，她问为何。

佛说：既如此，我便带你去见一个人吧，为见你一面，他已经等待了两千年。

看到最后心下隐隐作痛。

我给予故事的感情要比给予现实的更加丰富，只因它们动人。

在这样的故事里一草一木一山一石俱是柔情。

会不会有这样的一个人，乍然初见，便让你觉得仿佛已经在佛前求了五百年？

这个故事无所谓爱情，也可以是亲情，是友情，哪怕只是一场短暂的邂逅。

你若盛开，清风自来。

下面的故事依旧无关爱情，只是山高水长，一样的邂逅不易。

好似回归故里

那是我所见过的最为纯净的蓝和白,蓝得沉静,白得灵动。

巨大的机翼旁边,一小片的云海弯成一个可爱的逗号形状,极远的天际一线耀眼的白光割裂了整个时空。

天空之美瞬息万变,再高明的画师也难以捕捉其十之一二,站在陆地仰望的时候有这样的感觉,等到离得它近了,便会更加笃信先前的想法。

那么身处几万米的高空,云海晨星仿若触手可及的时候你会想些什么?

发生了最近的马航悲剧之后,我想很多人提到飞行都会有阴影,那是永诀的悲怆,是无法挽回的痛失,是给予多大补偿都不能填补的心灵重创。

为了节省资金,来回两程我们乘坐的都是名声不好的某航空公司的飞机,而中途辗转两个国家,十几个城市,仍旧飞了许多次。

有个很有意思的现象,每次飞机安全着落都会有乘客欢呼鼓掌,掌声响起的时候每个人的心都随之落回了实处。

正如那句经典的电影台词所言:我可以死,但是请让我死个明白。

相信很多人都曾体会过生命中某个至关重要的人突然离去的痛楚,至悲却不能言、至痛却无法落泪、至憾却无法挽回。

人生在世,要多大的幸运才能每每在危险面前化险为夷,又要把心志打磨得多么坚定才能正视至亲的永远离去?

近来家里也有噩耗传来,有个正值壮年的亲戚意外去世,好久缓不过来,明明过年的时候还见过面的,怎么就一下子去了呢。

生命当真脆弱,有些人说没就没了,全然不会给人留下任何做好心理准备的时间。

去者长已矣,存者且珍惜。

当时的我还没有这诸多感慨,只在临近目的地的时候看到地下云海悠悠群山绵延,蔚为壮观,不觉对即将到来的遇见期待万分,期待岛上的一切,更期待已经在这个岛上和即将来到这个岛上的新朋友们。

到了机场，已经有人安排好车子来接我们，那个络腮胡子身型微胖的中年男人手上举着"Majorca wheels"的牌子。

对，这才是我这次出行的主要目的，体验对于我来说非常新鲜的一个人群的生活。

骑行者，单车上的人生，与宅女截然不同的精彩风景。

车子在公路上驰骋，繁华的景象飞速后退，渐渐地窗外竟然出现了这样的一幕：成片的田垄，长势凌乱的杂草，营养不良的小树，朴素的小房子，绵延的远山。

若不是深知身在何处，我几乎以为在返回家乡那个北方小镇的路上了，真是太像了。

总觉得自己是个没有归属感的人，出生的地方回不去，成长的地方不喜欢，甚至一度我对那个居住了十几年的地方深恶痛绝，想着哪天有能力了便将整个家族全部迁走，再也不要回去。

事实上我也的确这样做了，一步一步拉开与它的距离，远远将它抛在身后，只是终究还是没有能力将那里的牵念也连根拔走，所以我不得不清楚地认识到此生也许我再也无法改变家乡就是它的事实。

对于亲人而言，遑论好坏那都是他们所熟知、所赖以生存的地方，他们生于斯长于斯欢笑于斯痛苦于斯，这片土地承载了他们太多的感情，我可以选择离开，却不能强迫他们也如此。

亲人在哪里家就在哪里，家在哪里念想就在哪里。

这些年因为回家的机会越来越少，能够在家待的时间越来越短，对家人的想念也就越来越浓烈，所以每次坐在车上盼啊盼啊，等看到家乡周围那些熟悉的景色的时候就禁不住雀跃起来，知道马上就要到家了。

不想在离家如此遥远的地方竟然看到了相似的情景，一路颠簸的疲惫瞬间消散，胸臆中换成了满满的想念，鼻头都有些酸了。

从机场到岛上走了有三个多小时，我们从繁华开到了乡村，又从乡村开到了繁华，终点终于到达。

天气很好，阳光明媚，刚一下车迎面就见一堆人迎了上来，Jack 老爷爷的拥抱，杰睿的嘘寒问暖，还有负责接待我们的女士那对我单名的亲切呼唤都让我暖到心里。

事实证明，对于已经颠沛流离了十多天的我们来说的确是回家了。

你们才是故事的主角

马略卡是我们在西班牙的最后一站，也是逗留时间最长的一站，同时还是整个旅途中最重要最美好的一站。

有那么多美好的人物和故事可以写，只是等到真正要开始时，却又不知道该如何动笔了，况且我们的队伍组成介绍起来非常复杂，单为怎样介绍每一个成员的事情我就纠结了好几天。

只是在这一部分里他们每一个人都是绝对的主角，缺一不可。

从国籍上来讲，这是一个英国人和十三个中国人的故事；从性别上来讲，这是六个姑娘和八个爷们儿的故事；从年龄上来讲，这是一位老爷爷和十三个年轻人的故事；从地域上来讲，这是英国、中国、德国三国代表隆重会面的故事；从性格上来讲，这是一个老顽童和一帮性格迥异、各有特色的小伙伴们的故事。

大家现在一定已经完全给绕晕了，那么我来总结一下，这是一个有血有泪有欢乐有悲伤有萌有虐有励志有狗血的关于一个人口庞大的杂牌军大家庭在异国他乡度假的神奇故事。

北京纯爷们儿

Joe，资深骑行爱好者，除了 Helen 之外，我见到的队伍中的第一个人。

他从北京飞来，航班比我们早到一小时，当时我和 Helen 正拖着重重的行李箱，在大厅里大厅外到处跑，忙着找接机的人，他站在门口冲我们说了句什么，由于

心不在焉，我俩都没听清楚，直接忽视继续找，后来才意识到原来是一起的。

他之前跟 Helen 微信上聊过天，虽没见过面，却也算小有了解，对于我，这个看上去酷酷的北京小伙子，怎么着都透着股子不容接近的傲气，所以刚开始，对他绝对算敬而远之。

由于 Helen 的宣传，后来大家很快都知道不怎么多话的我其实是个"作家"，于是便有人好奇地问我，会不会把这次经历写出来，我颇为不好意思地回答说会尽量争取。

某次吃饭的时候，杰睿把我叫到他旁边，问我写作上是否需要什么帮助，就在这个时候，坐我们对面的 Joe，也煞有介事地参与进来，还玩笑说以后要好好表现，争取增加出镜率。从那时开始，我才知道他其实是个非常好处的人。

他和很多其他成员一样，毕业于英国某高校，后回北京工作，喜欢骑行运动，绝对的北京爷们范儿，高高壮壮，皮肤是健康的小麦色，不笑的时候气场十足，一笑马上变身随和的邻家大男孩。

骑行活动结束后，他把在岛上拍的视频和照片做成了很有纪念意义的短片，我们圈内称他为周导，其实他还同时身兼数职，采访、拍摄、剪辑、配乐、特效几乎都是他一人完成，还是 Joe TV 的主持人，短片完成经过大肆宣传预告于某日中国时间凌晨三点全球同步播放（当然仅限我们的骑行队伍），周导的形象一时间高大到无以复加。

所以说，出来混，才情是王道。

传奇老顽童

75 岁的英国老爷爷 Jack 是个传奇，曾经历两次癌症一次心脏搭桥手术，每一次都奇迹般地康复，若是要把他的故事写成书估计厚厚的一本都不够。

Jack 很有才情，唱歌非常好听，会写

诗还会自己写歌曲，每次讲话，字里行间总会时不时透漏出岁月赋予的智慧和豁达。

作为一个虔诚的基督徒，Jack 博爱热心，总是奔走在各种公益组织中帮忙出力，在英国当地，他的事迹很受推崇。

他热爱运动，热爱骑行，再大的病症康复之后都能回到单车上。至今他已经骑行超过一万公里，募集了超过 60 万人民币。

他曾与中国小伙伴们在山东公益骑行，善款全部捐给慈善机构，并因此受邀做客上海外语频道，与主持人幽默谐趣的对话，逗乐了许许多多的观众。

得益于对运动的热衷，虽然他现已高龄身体状况依然很好，据说某次检查的时候医生都惊叹，说他七十多岁的老人却神奇地长了四十多岁的肌肉，肌肉比实际年龄竟然年轻了三十多岁！

认识他的人都知道，年轻的不仅是他的身体，还有他的心，目测永远十八岁，所以圈子里都喊他老顽童（Jack the lad）。

出于挡也挡不住的个人魅力，Jack 身边总是环绕着形形色色的东西方美女，也不乏大批为他的才情折服的青年才俊。

如果大家一起玩，Jack 绝对很配合，而且还会玩得很投入，不知不觉间就成为整个游戏的主导，Jack 落了单也不会觉得失落，他会自己拿出钟爱的口琴来吹，不知不觉间又会吸引不少人，成为人群的中心。

乐观豁达、幽默逗趣、善良博爱、坚强勇敢，作为我们这次骑行的灵魂人物，有这位老爷爷在，就有满满的欢乐、正能量以及安全感。

我们每一个人都爱这位可爱的老小孩，他也爱我们这些来自异国他乡的黄皮肤忘年交。

以下为山东公益骑行队改编的歌曲 *Shandong Road* （山东路）

Shandong Road，Take me home

山东路 带我回家吧

To the place，where they make beer，

去到生产啤酒的地方

Crazy traffic，everywhere，

交通情况并不好

All the people, stop and stare

所有人都驻足观望

From Jinan to Qingdao,

从济南一路到青岛

We could ride all night and day

我们日夜兼程

In team formation

队形齐整

Although we hope not to ride in'd dark again

尽管没人希望再次骑行黑暗中

Lyrics: Neil Denham

Music: Jack Kerridge

杰睿和 Jacky

杰睿人如其名，是个杰出优秀的小青年，我们队伍中的二号传奇人物。

可能由于一路上 Helen 都在夸他，初次见面，对他，我一点都不觉得陌生，就像久别的好友重逢。

这个土生土长的上海小伙总能给人惊喜，当得了领导，压得住场子，协调得了人际，照顾得了队员，解决得了问题，扮得了邻家大哥，还装得了傻、卖得了萌，是与 Joe 不同意义的全才。

最让人感动的是，他跟 Jack 一样，是发自内心想要帮助别人，并且还会身体力行地去实现承诺。

得知我在写作之后，他当即把我喊过去，帮我细心地介绍队伍中的每一个成员，他虽年纪不大，对很多事情的认知却已经远远地超越了同龄人，跟他聊天总有一种是在开阔眼界的感觉。

杰睿是学习的榜样，是细心的兄长，也是知心的朋友。

说来我们队伍里"j"字辈还真不少，除了杰睿、Jack、Joe 之外还有 Jacky，四人都曾参加山东公益骑行。

我们这次骑行 Jack 是领队，Jacky 和杰睿轮流押队，Joe 则跑前跑后录视频，四人都是队伍中绝对的灵魂人物。

Jacky 属热爱运动型，性格沉稳，沉默是金，坐哪儿哪儿气场骤然增强一个档次。某晚夜聊，他的积极配合，让我着实惊讶。

等到稍微熟悉了，才知道他其实是很好相处的一个人。饭桌上每次我想吃什么就会动员小甘去取，小甘则再动员 Jacky，而 Jacky 也不计较，往往将大大的一盘子装了满满的食物回来与大家分享。

开心果甘道夫

跟小甘的熟识源于饭桌。

Helen 其人是绝对的社交能手，很快就跟大家混熟了，而我作为这个队伍中绝对的外来者和天生的慢热性格，要打入一个新圈子还真不太容易（队伍中除我和 Helen 之外其他人都互相认识）。

由于我们的队伍十分庞大，酒店专门为我们预留了大桌子。每次吃饭的时候，长长的桌子两两相对而坐，从左到右，十几人的队伍蔚为壮观。

Helen跟杰睿是很好的朋友，第一天晚上吃饭，她就跑去离我很远的地方，跟杰睿聊天了，当时坐在我对面的正好就是小甘。

许是害怕被"冷落"的我会伤心，作为绝对食肉动物的小甘，一边抱着一盘排骨啃，一边找话题陪我聊天，到最后，发现我们竟然是同一个学校的校友，他还是我导师的学生，于是便觉分外亲厚，以至于最后混熟了，几乎每次吃饭我都会喊他坐我对面。

小甘是那种一开口就能笑喷人的角色，队伍中的男成员有事没事总喜欢调侃他，而他也格外配合，有他在，往往就有笑声和欢乐，饭桌上有他，绝对的开胃又开心。

甘道夫这个名字也是有些来历的，据说他原本叫Gareth，有个朋友实在发不出这个音便喊他甘道夫，喊着喊着这个源自《指环王》的传奇名字就成了他广为人知的代号。

不管圈子是大还是小，不管故事是悲还是喜，貌似总少不了那么一个开心果，比如《小时代》里的唐宛如，再比如《盗墓笔记》和《鬼吹灯》中的胖子，他们未必都是故事中的主角，却是绝对的不可或缺。

开心果做久了，玩笑开多了，好多人都忘记了其实他们也会伤也会痛，也有无法为外人道的失落和迷惘，不过别人不知道也没关系，他们早已锻造了小强般的性格，即使心在流泪也可以放声笑得出来。

小甘说他最在乎友情，最开心的时候是和朋友们在一起。

很纯真的答案。

不管小甘有没有伤，相信队伍中的每一个人都希望他的世界没有阴影，能够永远活在明媚里。

特别的阿策和他特别的她

最初注意到阿策，是到岛上第一天下午，大家一起去车库试车的时候。

当时Jack在给大家说明哪些车子是男式哪些是女式，期间不知怎么就指着阿策说你们女孩子从这边选车子，阿策很是迅捷而严肃地反驳说"I am not a girl"，当即大家就都笑了。

不知道耳聪目明的Jack为何会犯那样的错误，也许只是随手一指。

　　不过也正是因为这个小插曲，我才注意到了头顶扎着小辫，发型帅气的小伙子阿策。

　　他话不多，却绝对是个冷笑话高手，有时候闷闷地说几个简短的字，就会让大家笑半天。这种幽默跟小甘的无厘头完全不一样，有时候甚至带着些值得人揣摩的哲理。

　　队伍中还有这个特别的小伙子特别的那个她——Charis。

　　Charis 是我们队伍中最高挑身材最好的美女，长发及腰，端庄温柔，有一双弯弯的会笑的眼睛，是男孩子们最经典的梦中情人类型。

　　这一对的相处模式也很有爱，比如有时候会听到以下对话。

　　阿策：老婆给点钱呗。

　　Charis 美女：没有。

　　阿策：老子辛辛苦苦把你追回来，不是为了让你虐待老子的。

　　Charis 美女：……（不甩）

　　过一会儿，阿策：对不起，老婆我错了，看在我这么诚恳地主动认错的份儿上给点钱呗。

　　众：……

上帝的神手指（finger of god）

　　优秀独立、体贴温柔，Amanda 这样的姑娘绝对是爸妈的贴心小棉袄。

　　她是 Jack 的御用按摩师，只要 Jack 稍露疲态她就会去帮他按摩肩膀，每次这个时候 Jack 都会表现出极其享受的样子夸赞道"finger of god""I am in the heaven"。

　　不知道是因为 Jack 表现的太过享受，还是 Amanda 的样子足够专业，这对按摩组合所到之处总是会掀起一股按摩风，从我们所住的酒店到我们骑行的终点站无一例外，吸引的人士有我们的队伍成员，其他的骑行爱好者，我们所住酒店餐厅的领班，还有我们吃饭时碰到的陌生人。

　　这绝对是个神奇的现象，作为发起人的 Amanda 姑娘，每每都会被自动跑过来排队，等待体验神手指的"客户"搞得尴尬不已，但是这个善良的姑娘又不忍拒绝，这个时候我们队伍中热心的男同胞们便会起身去帮忙，直掐得那些慕名而来的男士们嗷嗷大叫，于是整个餐厅都因此热闹起来了。

集体活动的时候 Amanda 都在，不过有时候也见独自一人安静地玩，在这一点上有点像永远不会感到孤单的 Jack。

我曾问过她空闲的时候喜欢做什么，她说旅行，说走就走的旅行。

Jack 说 Amanda 是 world traveler，如果哪天我们的神手指 Amanda 姑娘在群里说已经把整个世界都游遍了，我一定不会觉得奇怪。

单纯的 Wendy 和坚强的 Ann

1990 年出生的河北女孩 Wendy 是我们队伍中最小的，纯真可爱的模样实在让人喜欢。

记忆最深刻的是她穿着大红的 T 恤，从脖子上挂着的小黄鸭包里取出药膏来帮我涂下巴，还安慰我说马上就会好了。

那可人的样子啊，因为下巴上火疮一直不好而郁闷的我瞬间就被治愈了。

某晚一伙人夜聊讲故事，作为最后一个的她蜷缩在椅子里绞尽脑汁想了半天却一无所获，只好老实告诉大家生活太平淡，实在想不起来，那三分委屈七分歉意的样子，直看得人心底柔柔的。

看小姑娘跟 Joe 斗嘴也是我们的一大乐点，两人总是三句话不到就互相开斗。

比如最后一次骑行回来的路上，Joe 停在海边让我帮他拍照，后来他拿去一看，说：怎么头发吹成一边倒的样子了。

我说：那你想让它们怎样倒？

Wendy：立中间，立中间。

Joe：怎么吹能立中间？

跨在车上的小姑娘友情示范了一下，先是左侧脸往前伸脖子后换右侧脸往前移动，嘴上还不忘记解释：先这样吹再这样吹，每隔五分钟换一次，大腕儿都这样装范儿。

Joe：你妹！

再比如某天 Wendy 朋友圈里晒挪威购物图，是一堆的小鹿，上书：把他们抱到收银台的时候收银员都惊呆了。

Joe 评价：我知道你肯定会给我寄一个。

Wendy：抱歉，没你的份。

Joe：你大爷……

Wendy：你想我大爷了？

Joe：……

万圣节 Wendy 在朋友圈上传了狂欢夜造型图。

Joe：I don't like it.

Wendy：说明你老了。

Joe：去，洗洗睡！（然后跟 Gareth 继续在图下互动，还不忘损 Wendy 跟人蕾丝边）

Wendy：你跟 Gareth 也不纯洁。

Joe 很直白：我跟 Gareth 一直两情相愿。

Wendy：你们一定要修成正果，请我们吃饭呀。

Joe：修你妹。

于是这对话又不能愉快地进行下去了。

至于 Ann，刚开始总觉得就是个小姑娘，个子不高，长得也不壮，话不多，笑起来很美，总之是个很温柔的存在，后来听说她之前学过武术，惊讶了好久。

不过更令我惊讶的是她的坚强。

骑行路上发生了意外，她受伤比较严重，下巴上缝了七针，我们几个女孩子看到她的样子不免都酸了鼻子，她这个伤员反倒一直在安慰大家，小小的身躯瞬间伟岸起来。

受伤期间，自始至终没见她落过一滴泪，当真让人佩服。

我想真正的坚强和勇敢不仅仅表现在敢于面对困难和伤痛上，而是身处困难与伤痛却仍旧不忘保护身边的人。

来自德国的帅哥组合

Zero 和 Larry 是最后才到的成员，当时第一次骑行归来的我们相约一起去游泳，还没到泳池，迎面走来俩帅哥，其中一人冲我们讲话时，我甚至以为是酒店的其他住客认错人了。

Zero 是自来熟，没多一会儿就跟大家认识了，然后就听到有人这样问 Larry："他叫 Zero 那你是不是叫 one 啊？"

比较低调的 Larry 估计纠结了很久。

这一对组合有点像我和 Helen，一个绝对能玩的一个相对安静的，一个热血澎湃的一个稳重内敛的。

后来某天休息，Helen 跟着 Zero 等人自发组队骑行，我则跟 Larry 从电视剧聊到电影，又从电影聊到小说，所以说有时候遇见还真是很奇妙的事情。

这对组合风风火火地来又风风火火地离开，满打满算也就待了三天，却给队伍里带来了别样的欢乐。

有些故事没这俩还真讲不下去。

每一个开始都受到祝福

One for all, all for one.

出发前一个月的某天清晨手机一直在聒噪，打开微信一听，几乎每个人都是一口洋气的英格力士（English），迷迷糊糊中我听了半天仍旧不明所以。

聊天记录下翻，手机屏幕上出现了这六个单词——One for all, all for one，下面是长长的英文，那是来自 Jack 的叮嘱，乍然惊醒，原来是 Helen 把我加入了骑行群里。

简单的六个单词在我脑海中回旋了半晌，于是对于即将到来的旅行早早就有了期待。

那种感觉很微妙，三分期待三分忐忑还有四分是好奇的。

第一天骑行出发之前，Jack 把大家都召集到了屋子里，再次重申了"我为人人，人人为我"的宗旨。

期待落实，好奇满足，只剩下空落落的忐忑。

我们的队伍水平参差不齐，有资深如"j"字辈的，也有绝对菜鸟如我这样的。事实是别说公路车了，将近十年我就连普通的自行车都没怎么接触。

鉴于路途平坦，我们租用了公路车。

很简单轻便的车子，细细的两个轮胎，低低的车把手，高硬的后座，中间还横着一道梁，整体看上去就一个感觉——漂亮但没安全感。

自行车我会骑，只是有梁的车长这么大从来没尝试过，自觉跨上去就下不来了。所以到岛上第一天下午试车的时候表情一直很严肃的我心下其实是揣了十五只七上八下的吊桶。

眼看大家一个个神情轻松地试完车子，我只好硬着头皮上前，怎么笨拙地跨上去的已经不记得了，只记得最后拐弯的时候不负己望地撞在了墙上……

所以这种忐忑的心情一直维持到第二天出发前的小会议上。

Jack 发言结束，我长舒一口气，老爷爷的话可比漂亮的车子让人觉得安全多了，再看看大家的样子，好吧，万一有什么事情还有万能的 Helen，终于心安不少。

会议最后是集体祈祷。

Jack 是虔诚的基督徒，英国留学的伙伴们也常常周末去教堂参加各种活动，而我与基督教也颇有渊源，虽然不会祈祷，但是绝对虔诚。

Jack 洪亮的祝祷声像是温柔的手，一字一句都安抚到了我仍有不安的心上，反复无常的忐忑终究被彻底抚平。

祈祷，是每次我们出发前必做的一件事情，Jack 负责表达我们心底的期盼，我们负责闭目虔诚，而上帝是我们前行路上的明灯。

有信仰的人是浪漫的，他们有用之不竭的灵感，有最诚挚的用心以及最纯真的感情；

有信仰的人是幸福的，纵使被全世界抛弃，他们依然有一方可以退守的温暖；

有信仰的人也是坚强勇敢的，纵使身处黑暗，前路艰辛，困难险阻重重，他们依然倔强前行，只因明灯在心。

我的骑行开始是被祝福了的，所以才会如此美好难忘。

骑行第一次

由于天性懒散，我实在没有习惯发现和探索新事物，比如喜欢某家小店的排骨米饭就一直去吃，比如某段时间觉得鲫鱼豆腐汤味道不错就喝了很久的汤；比如喜欢某家店的衣服就连他家隔壁的店铺都懒得去逛。

但是请相信，懒姑娘也是有好奇心和上进心的，不然我也不会买了一堆骑行装备并且当真全副武装双腿跨在了车上。

虽然经过一系列被安抚和自我安抚我已经不再紧张忐忑，却还是不放心自己的技术，所以出发前一次一次地尝试，上车、调档、转弯、单脚撑地（之前觉得这个动作不论男女做来都绝对潇洒无比，可惜一直没学会）、下车，最终我高兴地告诉Jack已经完全没问题了。

也许我的忐忑紧张，这位阅历丰富的老爷爷早就洞悉，见我此刻喜不自胜，他大笑着拥我入怀，拍着我的背说：Athena，我为你自豪，不要担心，不会有事的，我们大家都在。

心下暖暖的，想到酒店门口下车的那一刻，从不曾谋面的高大老爷爷就微笑着给了我们结结实实的拥抱，亲切和蔼的样子就像是拥抱远游归来的孩子，虽是初见半点都不让人觉得拘谨。

对啊，大家都在，又有什么值得害怕的呢？

马略卡岛是地中海巴利阿里群岛中最大的岛屿。

据说岛上每年300天以上都是晴朗天气，被称为"地中海的乐园"。

因为其怡人的地中海气候和安静漂亮的居住环境而深受游客喜爱，尤其是来自德国和英国的骑行爱好者们，是很多人每年必去的度假胜地。

我们所住的帕尔马是马略卡最主要的城市和港口，座落在蔚蓝的地中海岸。

当地的中国人只有我们一队，Jack声名在外，不管是在酒店还是路上都有很多人跟我们打招呼问好，甚至晚饭的时候还有人专门到我们桌边来看鼎鼎大名的Jack和他的中国小伙伴们，据说后来我们的事迹甚至上了当地电视台。

在我和 Helen 出发去瑞士的第二天酒店换了中国主题，服务员一律中国风服饰，引起很大的轰动，当晚酒店还为 Jack 和剩下的四五位成员准备了惊喜，当然这都是后话了。

第一次参加骑行的我们才出发不到二十分钟就遇到了麻烦。

上午十点左右我们从酒店门口出发，直奔海边绕行。

阳光明媚，海风徐徐，碧蓝色的海水柔柔地拍打着海岸，岸边密密的凉棚下面有人在躺椅上看书，无比享受的样子。

再远一点的地方就比较热闹了，一色的美女只穿了泳衣从我们车队前面走过往沙滩上去了，海边大人小孩正玩得开心，甚至有人在岸边堆了一座辉煌的沙堡，引来众人围观。

环海行程结束，我们按队形一个一个跟着 Jack 前行，只听一声爆响，竟是 Helen 的车胎爆了。

当时的 Helen 骑行经验已经非常丰富了，爆胎却还是第一次，玩笑说中了头彩。

车胎是 Jack 帮忙换的，将近正午，气温升高，老爷爷脊背挺得笔直，手法纯熟，动作利落，全然不需要别人帮忙，嘴里还哼着歌，实在是一位欢乐又能给人安全感的领队。

小插曲不到十分钟就被带过，就此我们真正踏上了旅程。

高楼渐渐远去，我们在宽阔的林荫道上徐徐前行，每隔一段路就停下报数，确保没人掉队才会继续，真正是一个都不能少。

青色的路面在我专注的视线中飞速后移，虽然全副武装，依然可以感受到风从耳边擦过的声响。

这个时候大脑可以完全放空，那些开心的不开心的有的没的统统都可以抛到脑后，你只有一个目的，那便是跟着同伴的背影前进。

这样的前进是没有负担与功利的，只是单纯的跟随，没有竞争，没有欲望，没有悲伤失望，没有无奈心伤。

在骑行过程中，在这个岛上，在同伴们中间，只允许单纯的快乐和欢喜留下，其他一切都可以轻而易举抛却或者封存，它们都不需要出现。

天高地阔，风轻云淡，包袱是不需要带上征程的。

这是一场通往欢喜的同行，你永远不会被忽略，不会被丢下，不会被放弃。

我就是你，你就是我，我们是一个团队，是一个整体，是一个家庭。

半程路意外地轻松，还没感到疲惫终点就已经到达，是坐落在海边的一家小餐馆。

已经是正午了，阳光炙烈，头盔、面罩、眼镜一样样摘下，女孩子们或多或少都有些脸红。

天空湛蓝，只在视线尽头绵延的远山上空有片片花瓣般散落的云。若不是远山横亘中央，海天都要融为一体了。

海水碧蓝，上面漂着点点风帆，是在海中嬉戏玩耍的游客。

Jack 咬着雪糕望着海面对我说："This is life."

这才是生活。

这句话我先后从 Jack 嘴里听到了好几次。

子云：三十而立，四十而不惑，五十而知天命，六十而耳顺，七十而从心所欲，不逾矩。

已经到了从心所欲的年纪的老爷爷在这个地方尚且有如此感慨，我自然也感悟良多。

于 Jack 而言，生活能够如此惬意，才不负此生。

于我而言，生活就该如此惬意，当不负此生。

于他而言，这样的人生也许是圆满的结束。

于我而言，这样的人生才该是真正的开始。

这才叫生活。

人生当如是。

马略卡第一次骑行，队伍成员 12 人，骑行约 37 公里，终点：Campanet.

骑行第二次

这是一次寻找。

那么到底寻找什么呢？目的地还没到达，我无法知晓。

已经骑了很久了，腿有些酸，车轮下的路却开始难走，从光滑平坦的大陆到坑坑洼洼的小道，周遭树木葱郁，细碎的光影从落叶间撒下，落在每个年轻人低俯的背上。

道路磕磕巴巴，车子像是经受一场持久而且级别不低的地震，屁股都不敢落到实处，只能囧囧地半悬着。

J 字辈的杰出小青年们一路上热情不减，时不时来个自发性的比赛，显然兴致比前一天迁就我们一群小蜗牛的时候高涨了不少，与太过活跃的 Zero 加入脱不了关系。

别人的激情澎湃看看就好，蜗牛想要安活还是得遵循蜗牛的节奏，有个成语叫徐徐图之，还有句话叫慢慢来比较快。

自觉整个人已经进入一种"脱俗"的外挂状态，就在我以为这一场始于脚下止于己身的地震远远没有尽头的时候，我们亲切可爱英明神武的 Jack 领队终于停了下来，宣布终点到了。

脱力地环顾四周，小村庄，有特色，马路山墙森林，也漂亮，只是终点在哪里？惊喜又在哪里？

疑惑间 Jack 已经扛起车子往山上去了。

2013 年 10 月 4 日，如果您从西班牙马略卡某不知名的小村庄经过，一定会看到这样壮观的一幕：十几个年轻男女在一位精神矍铄的老爷爷带领下扛着车子雄赳赳气昂昂地往山上进发。

其实条件也没那么艰苦，因为有台阶，不过就是台阶窄小了点，坡度危险了点，车子不方便拿了点，整个人比较容易滚下去了点，其他一切安好……

如此境况，男同胞踊跃发挥友爱互助精神，对身边的姑娘们纷纷出手相助，我的车子虽然名义上还在手里，不过基本重量都在 Jacky 那了，算是他帮我拎了大半程。

　　一连拐了好几个弯，终点终于到达，答案揭晓，女孩子们发出惊喜的喊叫，小伙子们也情不自禁打个呼哨，只有 Jack 怡然自得，一幅就知道你们会如此的浅笑淡然。

　　这样的存在我不知道在当地叫什么，在这里姑且就叫山腰上的花厅吧。

　　花厅像是个开放式却有顶的院落，前面是矮矮的围墙，内外俱是小而多叶的绿色植物和颜色鲜艳的花朵。顶棚由几根石头柱子支撑着，上面并不是实顶，而是稀落交错、盘曲纠缠的原木和铁架子，不知名的植物顺着原木和铁架一路爬下，像是趴在房顶往下偷窥的顽皮小孩，头上还挂着一串串饱满细碎的粉色小花。

　　院落左边的小屋跟柱子一样，也是由石头和泥土建成的，很朴素的颜色，恨不能与整座山融为一体，只为衬托周遭的一片花红草绿。

　　外面不起眼，里面却一丝不苟，典型的西班牙风情，买一杯饮料和一个三明治坐在院子里极目远望，只有一个字——美。

　　绿色一路从眼前铺陈开去，并不平坦，高高低低逶迤开去，最终没入浅蓝色的天际。

　　周遭树木极多，前后左右俱是风情，不过终究还是觉得我们所在之处最美。

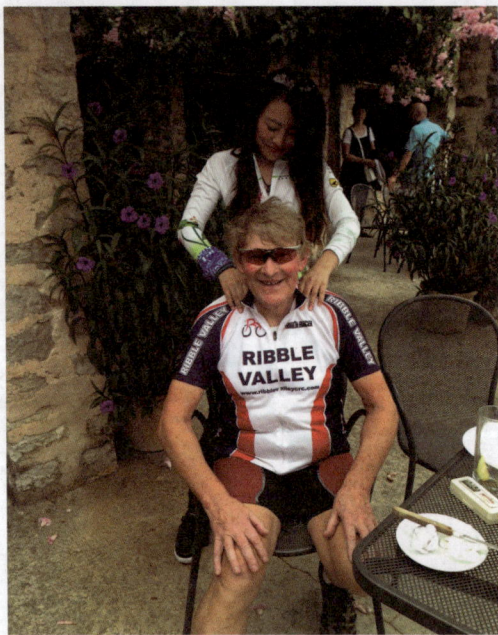

有花有草，有山有木，光头戴花冠的小房子眼前就有不少。

　　一路走来，我们见识过不少美景，只是这样别致的却只这一处。在 Helen 的鼓励下，我靠墙坐在了前面的矮墙上，艳丽的小花一路延伸到很远的地方，我伸头探看，把 Jack 吓了一跳，让我小心。

　　心下总结出一个真理，所谓危险的地方之所以总是有人不断挑战绝对是有道理的。

　　为了欣赏人间大美，用艰辛和勇气来换，不亏。

　　格拉纳达的时候我也爬了一次墙，只是当时导游催促，自然不能随心所欲，一样的美景，不一样的风情和心情，一靠一坐，山风清凉，虽然身处险地，只是一时间竟然不想下去了。

餐馆里的小伙伴们不知道是由谁起了头又开始按摩，一个挨着一个多米诺骨牌似的沿着桌子转了一圈，原本安宁的餐厅因为我们的到来瞬间热闹了起来。

Jack 的御用按摩师 Amanda 明显太过繁忙，他便退而求其次让我帮忙捏肩，还特别给面子地表现出很享受的样子。

里面的人号召，外面的人响应，其他游客也不淡定了，估计看里面轮不上，便跑到外面来求体验。

杰睿捋起袖子本着乐于助人的精神上前二话不说，开捏！

花厅下屋子里笑声不断，这几天总是这样，我们到哪里欢乐就在哪里。

时间正好，风景正好，心情正好，一切都那么完美。

一定是上帝觉得我人生的前二十几年太过无趣，所以才派梦妖来为我编制了如此美好的一场梦。

不觉脑海中浮现一句话：但愿常醉不复醒。

马略卡第二次骑行，队伍成员 14 人，骑行约 45 公里，终点：Alcudia。

骑行第三次

1. 挑战

经过一天的休息，前两次骑行后酸胳膊酸腿的后遗症稍有恢复。

这一次的骑行很大一段路都是沿着海岸线的，马路两侧有专门留下的单车线。

不少骑行者与我们错身而过，有高大结实的年轻人也有上了年纪的老人，速度都比我们要快上许多，倏忽来去，真正傲然恣意。

膜拜大神之余，我不禁想到那个蜗牛与乌龟的故事。

这一片海域颜色偏深，蓝莹莹的一片，水上有不少人玩得不亦乐乎。

这次的骑行与之前两次不同，到达某海港之后队伍将分成两批，一批由 Jacky 带队，通过一段据说非常艰难危险的路途前往叫 light house 的终点，而 Jack 则会带剩下的队员逛古城，等远征军回来一起踏上返程。

至于到底要跟随哪个队伍是自愿的，作为新手入门那样高难度的挑战我自然是不敢接受的，是以打定主意跟随 Jack。

到达港口后远征军领队 Jacky 继续游说，说其实不必到最后的终点，有个斜坡可以挑战一下，上面风景独好。

大家都心动了，于是原本分好的两个队伍又演变成了好几个，分别为：到达最后终点的远征军，骑行上斜坡的挑战者，扛车上斜坡的挑战者（阿策专利），以及港口原地停留的等待者（只有担心大家安危的 Jack）。

最后经过深度讨论，Jack 终于同意一起骑上斜坡，只是在上去之前他要求大家做好万全的准备，买了水分了队，确保每一个新手都是由一个资深骑行队员带着上山，

而我这只菜鸟被分给了久经沙场的 Jacky，稍有窃喜。

事实证明 Jack 的担心绝非多余，山下看着略显平缓的山坡挑战起来其实并没有那么容易。

一段长长的斜坡之后明显很多骑在前面的人已经疲惫不堪，拐了个之字形的弯之后我终于明白，真正的困难这才开始。

前面的路非常危险，首先全程上坡，连一点平缓的缓冲都没有；其次道路弯弯曲曲，从上面开下来的车子很多，还有很多踏着长长的滑雪板一样的工具飞速冲下来寻求刺激的游客，所以一个不小心一上一下的双方就可能在某个看不到对方的急转弯处两两相撞，一边是石头垒砌的山峰，一边是高高的悬崖，不管哪边危险系数都爆棚；再者，山高路长，极其考验耐力。

天气很热，加之高强度运动，在一连拐过几个弯之后汗水便成滴成滴地落下来。呼吸粗重，氧气明显不够用，面罩成了负担，可是又不敢摘掉，这样的天气暴晒一下估计回去整张脸就毁了。

前后都没有同伴的身影，无人可以追随无人可以并肩，只有我自己，以及不时从山上下来呼啸而过的车辆和行人。

无奈、气恼、绝望、自暴自弃，甚至意志和身体一分为二的情形会一个接一个地登台上演，这是一场意志与身体的博弈，它们开始变得争锋相对无法协调。

那么多次，大脑告诉自己放弃吧，可是双腿依旧惯性地往前蹬着。有时候车子前进的速度几乎为零，双腿想要放弃，可是意志又说，再坚持一会儿，也许下一个转弯处就是终点了。

人在中途多半有这样的感觉，不放弃吧实在感觉无以为继，放弃吧又不甘心。

于是，有些人咬咬牙选择了放弃，而有些人则咬咬牙，选择了坚持。

我承认上山途中有很多次想要放弃，可是最终还是选择了坚持。

要么压根不选择开始，要么坚持到终点，中途放弃不是我的性格。

不知道什么时候后面的杰睿跟了上来，爬了那么久他依旧是云淡风轻的样子，蹬车的动作那么潇洒随意，而我明显呼吸粗重狼狈不堪，渐渐地连呼吸都有些困难了。

第一次，我突然有点嫉妒这些资深的"j"字辈小青年们了。

杰睿说的那些鼓励的话，传授的那些上山经验我全部都忘记了，只记得当时心下不知好歹的烦躁，为了尊重他的一片好意，已经气若游丝的我还得分神听他讲话，实在有些不胜其扰的感觉，最终我积蓄了全身的力气说，"你不用管我了，先走吧。"

不知道当时他听了有什么感受，只是我还是愿意跟着前面人的背影或者自己一个人静静地前行，以自己的方式。

人在意志最薄弱的时候往往不能稍有懈怠，否则就是满盘皆输。

中途我遇到了停下来喝水的 Joe 和 Amanda，还遇到了停下来休息的小甘，他们从我的视线中出现又消失，我却无暇顾及，最后脑海中只有一个声音——

既然你选择了远方，便只顾风雨兼程。

这句话是我高中最失意的时候唯一的慰借，来自远方求学的挚友的一封信。

信中她写了自己最喜欢的诗句与我共勉，同时信封中还有一些穿越了大半个中国的菊花茶。

那封信以及那些花茶给了少女时期的我最深的感动，也是鼓励我坚持走下去的重要动力。

高中时光远去，当年念念不忘的诗句也渐渐为其他取代，可是在那样无助的时候这句诗又蓦然出现在脑海中。

我反反复复地默念着，四肢百骸就仿佛有了源源不断的动力。

最终那天因为种种原因我竟然幸运地成为第一个骑上山的女队员。

早就在山上吹凉风的 Zero 看到我惊讶："作家，没想到你还挺厉害的，实在令我刮目相看。"

我笑了笑，懒得纠正他的称呼，只是脸上的笑容还没维持几秒就被山风吹散了，实在太累了，连一个微笑都没办法维持。

我慢慢地攀上凹凸不平的岩石站了一会儿，粗重凌乱的呼吸很快归于平静，而更先一步归于平静的是心情。

没有身心被严重摧残的委屈，也没有最终成功克服困难的喜悦，若非要说当时有些什么感受只能说是无憾。

在没尝试之前人永远不知道自己到底有多少潜能，是以无论做什么都务必倾尽全力，不要给将来的自己留有遗憾。

我清楚自己的极限在哪里，light house 一定到不了，能够攀上这个大斜坡已经圆满了，当时真正觉得自己也算是个骑行者了，曾经那是别人的世界，而今我是其中的一员。

那种感觉，甚好。

后来小伙伴们一个接一个地上来，甚至第一次骑行因为低血糖而差点回不去的 Larry 都在 Helen 的带领和鼓励下，一次没停地骑了上来。

也许因为上来太过不易，在山上活动的时候大家情绪分外高涨。

来路对面是陡峭的悬崖，站在悬崖边上，蔚蓝的大海一望无际，光是这样的美景也值得我们一路辛劳了。

大家合影的合影，录视频的录视频，反正累了个半死辛辛苦苦爬上来，不带点什么回去是不甘心的。

男队员们勾肩搭背迎着狂风冲山崖下的惊涛骇浪大喊："沈家宜，你在哪里？"

我笑，都二十好几的小伙子了，难得还能喊出这么纯纯的口号来。

是啊，纵使不再是十七八岁不可一世嚣张跋扈明媚飞扬的少男少女，我们心底也依旧有那么一片柔软的地方，装着最初的悸动，最懵懂纯真的感情。

每个人心底里都有一个小金屋，他的里面装着他的沈佳宜，她的里面装着她的柯景腾。

热爱生命

——汪国真

我不去想是否能够成功

既然选择了远方

便只顾风雨兼程

我不去想能否赢得爱情

既然钟情于玫瑰

就勇敢地吐露真诚

我不去想身后会不会袭来寒风冷雨

既然目标是地平线

留给世界的只能是背影

我不去想未来是平坦还是泥泞

只要热爱生命

一切，都在意料之中

2. 患难

在山上消磨了大约一个多小时的时光，远征队员出发，剩下的队员则稍加逗留，继续采风观景。

其他人都到远处高高的山崖上去了，我和 Jack 坐在山崖边有一搭没一搭地聊着天。

他说："You will never be the same as before after this trip, Athena."（这次旅程结束，你再也不会是之前的那个你了）

我笑，是啊，其实打从踏上这次旅程我的人生就再也跟先前不会一样了。

转头，我看着下山的路，突然有些担忧。

上山之前阿策玩笑说下山的时候一定很爽，可是有句老话叫上山容易下山难，看似容易的事情有时候做起来更加会有意想不到的困难。

下山的时候 Jack 依然是领队，Larry 第二，我们按照顺序一个个跟上，相对比较有经验的小甘在后面押队。

下坡很陡，虽然我已经在极力压着车闸了，可是由于惯性，车子下滑的速度依然快得吓人，事情就发生在第二个转弯处，Larry 的车子倒在地上，Charis 扶着他，我急急忙忙停下来。

由于天气炎热，男队员们基本都是短裤 T 恤，Larry 左手臂和左腿都有不同程度的擦伤，应该是斜着摔倒在地上了，他左手上的伤尤其严重，不断往外渗着血。

我还没来得及出口询问就听后面 Wendy 大喊，"Ann 也摔了！"

Charis 忙放下车子跑过去，早就骑到另一个转弯口的 Jack 也已经返回来了，眼看 Larry 情况不是很好，我只能留下来陪他。

毕竟是男孩子，在身上多了那么多触目惊心的伤痕之后，Larry 竟然还说可以单手骑下去。

据他讲，Jack 速度太快了，跟到最后他只觉车子已经完全不受控制，若是不摔一下，可能人都飞到悬崖下去了，所以他选择摔到路上，保全自己。

后来 Larry 情绪平复，我们一起去看后面的 Ann。她的情况更加严重，身上衣服半边袖子全是血，也不知道是哪儿流的，后面停了一长排的车子，很多路人下来帮忙。Ann 下巴上包着纱布，当时我并不清楚，后来才知道她下巴摔裂了。

时隔半年的今天，在写下这段经历时我依旧觉得心底难受得厉害。那触目惊心的一幕幕在脑海中回放，仍旧只有一个感觉，害怕。

后来 Larry 跟 Ann 由好心人先一步送去山下的医院，大段的盘山路，我，

Charis，Gareth，Wendy，Amanda，Jack 六人是推着车下去的。

这边尚且如此，要穿越更加危险的一段路程的远征队队员们又会如何？

下山的路上，我们始终担忧，打电话给杰睿告诉他们一定要小心。

几个女孩子走得忐忑，每个人都是愁容满面，Jack 一个人大步流星走在前面，还哼着小曲。

难道老爷爷一点都不担心吗？听说他当时还问 Ann 能不能骑着下山，那一刻我突然有些看不懂这个外国老爷爷的想法了。

当时是下午三点多，天气还热得很，我却觉得浑身上下每一个毛孔都透着寒气。

我一向胆子大，可是生平第一次经历这样的事情，实在没办法做到淡然处之。有那么一刻，我甚至想，那么危险的下坡，即使出事的不是 Larry 和 Ann 也可能是我们中的任何一个。

到最后的之字形斜坡时我们才又重新踏上车子，每个人都是十二分的小心。

可是自此我们像是被诅咒了似的，Gareth 的车子掉了链子，Wendy 的车子爆了胎，我们还找不到 Ann 他们所在的医院。

一路担心着，找寻着，前进着，压抑的气氛一直一直地蔓延。

那是一段灰色的旅程，我们的眼里再也装不下任何风景。

Ann 是那样一个坚强的姑娘，我们终于找过去的时候她已经等在路口了。受伤的下巴缝了七针，陈述这个事实以及被 Jack 抱在怀里安抚的时候，她的眼神没有一丝波动，反而一直在安慰几欲落泪的我们。

Larry 的伤口也已经包扎完毕，手臂和腿上裹了好多纱布，他自嘲可以送去博物馆当木乃伊接受大众观瞻了。

那是这对组合在岛上的最后一天，回去酒店没多久，Larry 和 Zero 就要赶飞机回德国。

这是一个并不完满的结尾，却也许正因为不完满而变得分外让人动容难忘。

将 Ann 和 Larry 送上出租车，我们六人踏上归途，是一条全新的路线，领队 Jack 也需要求助才能确定方向，前路遥遥无期，仿佛这一程注定坎坷。

Amanda 因为低血糖而前进困难，只是眼看就要天黑，我们不得不加快脚步往回赶。

折腾了一天，大家都疲惫不堪心力交瘁。

原本跟在后面的我很长一段时间在中间维持着微妙的平衡，对于一队只能靠意志力坚持的人来说 Jack 实在骑得太快，我一边跟着他确定没有丢失向导，一边尽量跟他拉开距离以期让后面的人看到跟随我的背影前进。

真的很庆幸当时自己耐久力还可以，没有为大家雪上加霜。

我们途径一个又一个的村庄，每次在我以为即将到达的时候眼前便会再次出现长长的没有尽头的林荫路。

君问归期未有期，上山时的那种感觉再次一波一波地袭来，肚子饿得厉害，我便用 Jack 玩笑的话安慰自己，回去吃一头牛吧。

到达酒店把车子送回小车棚里走出来的时候，我们只有一个感觉，劫后余生。

当真是相当漫长相当疲惫的一天。

这一天，我想此生再难忘记。

事情就是这样，既有其美好刺激的一面，必然也有其丑陋危险的一端。在拥抱光明的同时，也要做好迎接黑暗的准备。

后来 Jack 跟大家说，如果你们今天出了什么事情，我一定不会原谅自己。

我终于后悔先前对他的质疑。不是他不近人情，也不是他太过乐观，面临涣散崩溃的队伍时他只有表现出足够的沉静足够的冷血才能带着我们走下去。

他是领队是长者，作为我们队伍的灵魂我们的主心骨，他无法像我们一般肤浅任性。

其实最担心的是他吧，他那么真心诚意地爱着身边的每一个人，不论国籍，不论肤色，无疑对于友情他也是虔诚的，就如他对待信仰一般。

马略卡第三次骑行，全程约 100 公里。探索者队成员 8 人，终点：Port de Pollanca，两人受伤；远征队成员 6 人，终点 the light house，全员安全返回（Helen 是其中唯一的一名女队员，中途她车子出了问题却依然坚持到最后，表现出的坚强和勇气连男队员们都佩服不已）。

骑行第四次

不知道之前海边散步的时候受凉了还是一路积攒的疲惫在休息了几天之后突然大爆发，第四次出发骑行那天我竟然生病了，发烧，浑身无力。

原本 Ann 打算留在酒店的，Gareth 留下来陪她，但是 Jack 说了，我们是一个整体，要去一起去要留一起留，Ann 可以打车去目的地，来回费用所有成员均摊。

听到这话时我真的很感动。

继 Zero 和 Larry 之后，Jacky 也于前一天晚上离开了，临近分别，更加体会到一个都不能少的难能可贵。

最终 Gareth 陪 Ann 坐车，我们骑车，两队人在终点会合。

楼下集合的时候我身上依旧一阵一阵的难受，终究还是压不下去了，便把实情告诉了 Jack。

Gareth 摸了摸我的额头惊讶，"好烫，要不你陪 Ann 坐车，我骑你的车子过去。"

也不是没有犹豫，只是这样难得的旅程我还是选择善始善终，于是便跟 Gareth 约好，我自己骑车过去，实在不行回来的时候他帮我骑，我和 Ann 坐车。

体力不济果然难熬，中途我不断询问什么时候才到终点，能够一路跟过去貌似凭着一股子倔强。终点之前又是挑战，很陡的一个下坡，无人推车下行，我们都是慢慢地稳稳地骑了下去。

虽然我们都还年轻，无法练就 Jack 那样的临危不乱，至少也不会在困难面前退缩，有些东西选择逃避永远都无法克服，迎头而上有时候反而是最睿智的解决办法。

吃饭的时候我一直蔫蔫的，浑身乏力，虽然阳光明媚，却觉得身上冷得厉害。

饭后 Jack、Amanda 相继来帮我按摩肩膀，实在是贵宾待遇，Gareth 也过来表示关心，只是这孩子手劲实在重，直捏得我感觉骨头都要碎掉了，不由得出声喊止，他无辜说已经很小心了，是我没有肉，完全不知道该怎么下手，最后悻悻离开，还叮嘱"太瘦"的我要吃胖一点才好。

　　苗条是女孩子永远的追求，我不由得心生安慰，窃喜终于瘦下来了。

　　后来大家都去海里游泳，我则像个虚弱的老婆婆，裹着小伙伴们脱下来的衣服在岸边瑟瑟发抖。

　　大海那么大，海浪冲得那么高，他们一个个在里面远远望去好像一只只不规矩的小蘑菇，跟随着浪潮上上下下地飘。

　　这该是多么可贵的经历，我却只能做个旁观者。

　　沙滩上有很多游客，小孩子们跑来跑去，那样天真可爱无忧无虑的样子实在美好得让人移不开视线。

　　我贪婪地用眼睛用心记录着一切目光能够捕捉到的东西，忽然觉得伤感。

　　明天就要跟大家说再见了。

　　回去时我还是选择了骑行，真正是要把倔强进行到底。

　　杰督拍着胸脯承诺会负责照顾好我，让大家不用担心，结果没多久就跑到前面去了，于是继上次爬斜坡大神 Jacky 撇下我一个人跑到前面之后我再一次被抛弃。

　　刚出发不多久有个很陡的坡，我一个没力气使劲，车子停了停扭了扭，竟然就那

样倒了下去。

重重摔在地上，几乎是本能地快速爬了起来，前面几人着急回望，我拍拍身上的土示意他们没事。

杰睿跑回来为自己的不负责行为深刻检讨，我顺着他的意思"埋怨"了他几句顿觉心情大好，便也不计较了。

那个时候我跟大家都已经完全熟识，连仗着生病发脾气的事情都做出来了，也不过想着当事人不会介意。

神奇的是，后来骑着骑着半路某个瞬间忽然觉得精神一振，整个人都有了力气，病竟然以那样神奇的方式好了。

马略卡第四次骑行，队伍成员 11 人，骑行 60 公里，终点：Cala St Vicenc。

One for all, all for one.

旅程开始前，它于我只是一句虚无浮夸的口号，旅程结束后却变成了一种很深的感情。

那种感觉叫回家，叫享受温暖享受被爱。

妈妈很美，岁月你别伤害她

2013 年 10 月 3 日，海边踏沙行。

还不到正午，阳光没那么强烈，脚下的沙子带着丝丝凉意。

细碎的沙土不碰的时候还老老实实，刚把脚放上去就都争先恐后地散开了，鞋子陷下去，沾一脚的沙子。

索性把鞋子提在手上，深一脚浅一脚地走下去，回头，一串串不规则的脚印如这么多年的成长，歪歪斜斜深深浅浅，一点儿都不规整，只是方向始终倔强地向前。

距离大海十几步的地方人不多，我们十几人迅速占领阵地，一个接一个躺下，全然不顾别人诧异的眼神。

那是用身体圈出的一个心形，总策划兼导演 Zero 总不满意，海边的瞭望塔上攀上爬下，脸上挂着大颗大颗的汗珠，仍旧中气十足地发号司令，"小甘屁股再翘一些，不然心尖凸显不出来"，"大家双脚对接"、"下面的人往里面靠靠"……

草棚下面躺椅上休憩的游人睁开眼睛饶有兴趣地看着我们的行为艺术，不过躺在沙滩上直面阳光的我们都淡定的很，并且还非常顺从地服从命令。

因为，我们在做一件非常浪漫的事情。

最终十二个人摆出一个爱心的形状，爱心的中间则是杰睿（为什么从照片上看是个圆的问题只能请导演来回答）。

"亲爱的妈妈，对不起我不能回上海陪您过生日，不过今天您将收到来自不同国家、不同地域的祝福，在这里我想说：妈妈，谢谢您养育了我这么多年；妈妈，我爱您。"这是杰睿对着镜头说的话。

是的，我们如此隆重如此配合，是为了帮助杰睿的妈妈庆生。由于时差问题，拍摄完毕、编制完成、等到寿星看到应该已经是晚上了。

爱的祝福，永远不嫌来得迟缓。

我想阿姨一定会很感动，没有鲜花、没有蛋糕、甚至没有儿子在身边，只是应该也不会有所缺憾，他们在彼此的心里。

那天我们在沙滩上折腾了大概一个多小时，天气很热，起来的时候大家头发上、背上全部都是沙子，只是那烈日晒到了每个人的心里去，大家心底都是柔柔的、暖暖的，里面的那轮骄阳是妈妈。

妈妈，这个世界上最为温柔的两个字。

孩子伤了痛了不开心了，妈妈总会比他们更伤更痛更迫切地想要给予他们快乐。

为了孩子，温柔的臂膀也可以变成最坚实的后盾。

妈妈在哪里，孩子的家就在哪里。

有妈妈在，我们永远不用害怕黑暗孤独、不用独自面对失意悲伤。

很小的时候，由于一场变故

我变得非常没有安全感，走哪儿都得黏着妈妈，一会儿不见她就会发了疯地找，总要看到她的身影了一颗心才会落到实处，擦擦眼泪，紧紧拉住她的手，在被询问为什么又哭红了眼睛的时候，堂而皇之地撒谎，说只是眼里进了沙子。

日久天长，最后变得很能哭，不过伤心的时候却总不想让人看见，落泪时习惯藏在别人看不到的角落，虽然妈妈总打趣我像小龙女的泉眼，动不动就任性发威，只是我知道帮我擦眼泪的时候，她也会难过心疼。

妈妈，是我睁开眼睛就一定要看到的光明，是幼小无知的我身边唯一的守护神，是我的信仰，我的一切，是孤单而又敏感的女儿的全世界。

长大了，习惯了远行，习惯了妈妈不在身边，习惯了回家不再搂着她的腰睡，只是还总改不了撒娇的习惯。

纵使有了诸多改变，纵使不再轻易落泪，纵使早已习惯独立坚强，只是在妈妈面前，还会下意识地做一个傻愣愣的小姑娘，牵着她的手，不放开。

可是有一天，妈妈乌黑的鬓角出现了白发，纯净的眼白变得浑浊，漂亮的脸上爬了皱纹，白皙的双手长了斑点，我终于明白，我必须长大。

妈妈，人生的前二十几年，你是我的退守，是我的后盾，从今以后，换女儿来保护你。

岁月那么伤，妈妈，不要害怕，你还有我。

妈妈，今年的 10 月 9 日，等着女儿的惊喜。

我能想到最浪漫的事

　　打从活力无限的 Zero 同志加入队伍，大家精彩的夜生活便拉开了序幕。

　　我生性不热衷各种闹腾的娱乐活动，他到的第一天夜里便很不给面子地没参与其中，其实也源于对这个小伙子的偏见。

　　前几天我们微信上聊天，我非常真诚地对他坦白：知道吗，你给我的第一印象不好来着，感觉像个花花公子。

　　他无语凝噎，最终非常不留情面地回了句：滚之，没钱花鬼呀。

　　这想必是我朋友中最不给面子的一个了，考虑到对方的本质我也不恼，继续跟他探讨花花公子的问题，我俩聊天多数属于自说自话，那次实在算为数不多的正常交流。

　　岛上第三天晚上吃饭的时候，大家约好稍后要一起玩，我也为自己之前的行为感到不好意思，便积极参与其中，只是刚一上场就被秒杀，绝对属于拖队伍后腿型人物，还好队员够给面子，并未表现出嫌弃。

　　Zero 能玩也会玩，加上 Gareth 妙语连珠，我们十几个人闹腾得简直有要掀掉酒店屋顶的气势。

　　一轮接一轮的小游戏结束，我突然觉得只要跟这些人在一起，哪怕光是坐在旁边看着也分外有趣。

　　记得某次小聚，一个同学与大家分享工作收获时说，对事不对人这样的话，还真不能信，很多时候很多人做事就是对人的。

　　的确如此，很多时候，我们源于自身认识的偏差不知不觉看待某些人的时候就戴了有色眼镜。

　　就好比你喜欢一个人怎么着看他都是好的，纵使他做了什么错事也会自动为他寻找开脱的理由，而若是不喜欢一个人了，纵使他千般万般好也入不得你的法眼。

　　这种时候何妨给自己也给对方一个公平的机会，也许某些伤害就不会造成，也许某些事情也就有了回旋的余地。

后来不知道谁在开 Gareth 的玩笑，我发言为他正名，说着说着有些动情，勾起了大家的倾诉欲望，当时已经很晚了，酒吧和餐厅里只剩下我们。

在杰睿的提议和我的鼓动下，大家将阵地转移到院子里，雪白的椅子围成一圈，一个接一个开始讲述曾经做过的最浪漫的事。

除了无法参与一群中国小孩的游戏而早早回房睡觉的 Jack 和从游戏开始就缺席了的阿策之外，总共十二个人，那个黑漆漆的夜晚，每个人都用最真实的感情讲述了曾经最真实的自己。

浪漫和爱情好似双生体，说起浪漫总缺不了爱情，很多人都与大家分享了懵懂青春里最刻骨铭心的悸动。而且，十几个人的故事里并没有落下亲情和友情。

那个晚上，微弱的光线里，我们看不到彼此的眼睛也看不到彼此的神情，但那绝对是迄今为止我人生中最为盛大的邀约，每一个人都对大家发出了源自内心的邀请。

Zero 的故事结束，我哭了。

为了故事感动，还为了大家的真诚。

他们这样做很大一部分是为了支持我，为了我的写作，为了我的梦想，他们将最美的一段人生拿出，与我们分享。

那天晚上我们一直聊到晚上三点才回去睡觉。

和大家在异国他乡的海岛上于黑暗中夜聊是目前为止我做过的最浪漫的事，没有之一。

下面为夜聊时大家讲的小故事：

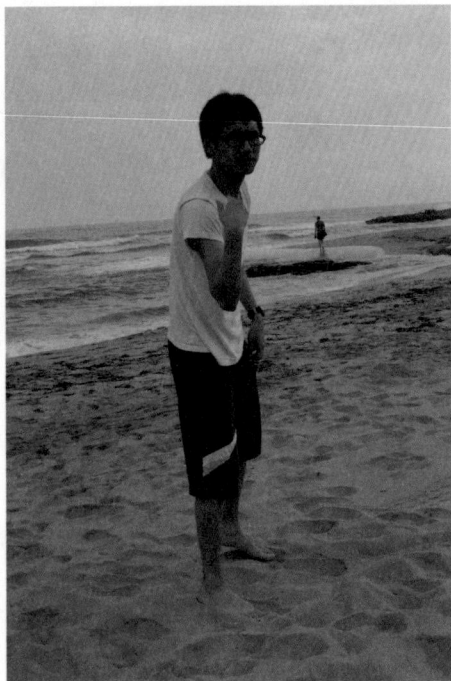

一个不再有必要践行的承诺

夜了，寒风一阵紧似一阵，中间还卷着些细碎的微粒，打在脸上微痒而又冰凉。

前一刻还因为书桌上那一堆做不完的复习题而苦闷生气的女孩脸上突然露出迫切而欣喜的表情，忙伸出手小心翼翼地想要接住些什么。

就着屋内透出的柔和光晕隐约可以看到手中某些白色的小微粒在落入手心的瞬间萎缩成一小点湿润。

下雪了！

向来稳重贤淑的女孩子匆忙拉开衣柜抓了外套冲下楼，向爸妈喊了声"笔记本用完了，我去买"就跑出门外。

妈妈在家喊："让你爸去……鞋子怎么都没换！"只是女儿的身影早已消失在门外。

爸爸颇为欣慰："咱家女儿最近学习越来越用功了，明早你给多做几道有营养的菜。"

妈妈也深以为然，凝重地点了点头。

此刻"用功"的女儿已经气喘吁吁地站在了小区附近的电话亭里，纤细白皙的手指迅速拨下了那个再熟稔不过的号码。

对方很快就接了电话，"喂？"

向来清越的男声带着只有跟她讲话的时候才会有的低沉温柔，不过今天有些不一样，带着浓浓的鼻音。

"感冒了？"

"有点，最近降温，你出门记得多穿点衣服。怎么喘得这么厉害，又是跑着出来的？"

"下雪了。"风大，开放式的电话亭外落叶被卷得哗啦啦地响。

她没头没尾的答话他竟然听懂了，"提前祝你圣诞节快乐，不好意思，不能回去陪你。"

小小的期待落空有些失望，她告诉自己不该任性，柔声道："没事，回来的时候记得补偿就好。"

他失笑："为了补偿你，我已经沦陷了两条胳膊两条腿，反正总有一天都得归你，今天索性大放送，整个人都给了你吧。"

女孩的唇角微微勾起，声音却带着些故作的挑剔，"双脚不要，太臭；头发也不要，发型太丑；脸也不要，讨人嫌；嘴巴也不要，油嘴滑舌……"

眼看自己马上就要被全盘否定了，听筒对面的人急了，"心给你，心给你还不成吗？"

"不是早就在我这了吗？"

"好吧，我又错了。"

"嗯，回头回来跪搓板儿。"

"得令，不过能不能商量个事儿？"

他是南方人，打从去了北方的部队就跟着人家学儿化音，每次听到他搞笑的音调她都忍不住要笑出声。

"曰（yue）。"她捂住讲话筒在手上轻轻地呵气，好冷，手已经冻僵了。

"允许我把嘴巴留下吧，因为今天……"好听的男声顿了顿，不知道是鼻音的缘故还是怎么的，竟然透着浓浓的伤感，"因为今天我想吻吻你。还有，我脚不臭，它们绝对是一双爱干净的好脚，发型得按部队要求来，没办法，脸么可以按着你的喜好整的。"

女孩再次被男友小媳妇似的顺从和委屈逗笑，明明很开心的，只是不知道怎么笑着笑着就落下泪来。

电话亭旁边就是路灯，浅黄色的光晕笼罩出一小团光明。天气缘故，行人很少，由于出来得太急，只穿了拖鞋，现在麻木的不光是双手，连脚后跟都麻了。

往事在模糊的视线中一幕幕上演，高大清俊的男孩子锲而不舍地追了她整整两年，她终于答应，他却报名去了部队。

他选择走的路她给予了绝对的尊重，只是从此两人的温暖只剩下这一圈路灯笼罩下的小世界。

喜欢了他就全心全意支持他，这是她的表达方式。

走之前他在她面前信誓旦旦地承诺：我一定会混出个样子来，你等我。

虽然他出身不好，成绩也不好，但是他的优秀，她就是相信。

明明先前那么多分别的日子都熬过来了，只是此刻不知道为什么突然好想他，真的好想好想，想得鼻子酸楚，呼吸困难。

"怎么不说话？"话筒里传出小心翼翼的声音，"不要担心，我不会僭越的，额头，只是想吻吻你的额头而已。"

"没，没有，等，等你回来，我允许你吻我的……嘴巴。"结结巴巴地带着哭腔说完，她慌忙挂了电话，先前冻得冰凉的脸颊，此刻因为害羞而火辣辣的烫，一颗心也扑通扑通像是要跳出来一样。

后来他是回来了，她却再也没有机会践行诺言。

他说：是我太过高估自己的能力太过相信这个世界没有阴影；他说：我们领导家的女儿不错，对我还挺有意思；他说：我肩上担着整个家族的责任，我想要出人头地，不想再被人看不起；他说：对不起，我是人渣，你把我从这儿丢出去吧。

他说的"这儿"指的是她的心，当时他的儿化音已经说得非常标准了。

当真成了军人呢，一席绝情的话说得绝对字正腔圆、面无表情，挺直的脊背就如坚韧的大山，不论怎样看上去都绝对是一根正苗红、刚正不阿的好孩子。

她当时没哭没闹，只是笑着点了点头说：我明白，你珍重。

整整一年的守候终于得以相见，其实她本来想要告诉他，以后她上大学了，就不用找各种借口跑出家给他打电话了，只要有机会她还可以去部队看他。

只是他一开口就说了那么多话，她的一颗心一点点冰凉下沉，那些话再也没有了说出来的必要。

既然他要走，那么她就不挽留，让他走，带着他的胳膊腿还有油嘴滑舌的嘴巴，她一件都不会自私地留。

这是 Charis 的故事，她说，感情上我从来都是被动的，几乎从没为他做过多么浪漫的事情，唯一能做的就是尊重他的任何选择，这是我的表达方式。

对于什么的表达方式呢？喜欢，眷恋，最最纯真的，爱情。

这个善良的姑娘到现在都觉得在那场感情里对方付出的比较多，不过感情的得失从来就无法论斤论两来衡量，谁对谁错已经没必要深究了。

多少纯真的爱恋终究也还是抵不过俗世的变迁。曾经他爱她爱得发狂是真，后来他爱权势爱金钱爱前程也是真，在这场一败涂地的青春懵懂里，的确不该怪任何人，只怨社会太现实，好梦醒得太快。

也许，这也正是那句所谓的：毕业了，我们一起失恋。

是啊，随心所欲不逾矩，在享受特权之前，你得先懂得遵守这个世界的游戏规则。

相濡以沫不如相忘江湖

刚上大学时认识了一个很投缘的女孩子，对方外刚内柔的性格据说跟我很互补，于是乎我俩的友情就像天堂边疯长的春草，以像是弥补之前三生三世的速度迅速滋长。

室友都看不下去了，说，你俩直接蕾丝边儿了得了。

对于室友酸溜溜的打趣我只能用正义而又纯洁的眼神秒杀她。

室友：别，其实人家只是有点吃醋而已啦……

于是乎瞪视的眼神更加犀利威武。

说来人这辈子能得几次真正倾心相付，用清白换一挚友，也值。

转念一想这种想法好危险，果然是真爱的表现，遂犀利着犀利着威武着威武着我就喷了……

国庆放假，室友们一个个欢天喜地收拾东西往家奔，我一人优哉游哉啃着苹果坐床上看《猫和老鼠》，到最后空空如也的寝室只剩下清脆而微酸的"卡擦"声。

好友背着大大的双肩包推门进来的时候我刚好啃完最后一口果肉，她看看空空如也的寝室皱眉，"就剩你一人了吗，不是说你对铺不回家么？"

"唔，是不回家，去上海了，为了爱情。"

"那你一个人注意安全，我家里车子在外面等着，走了哈。"说完好友也风风火火地走了。

杭州本地人回家也这么着急吗？我心底微涩，惯性地继续先前的动作，"卡擦"果核进嘴，这回不是涩是苦了。

早知道就不大义凛然地跟爸妈得瑟说什么女儿长大了，翅膀硬了，不恋家了，十一假期不回去了，您二老可以继续独享二人世界了。

哪儿有后悔药卖，我先来一瓶。

先前满满当当的寝室楼，真可谓人去楼空，第一天晚上我就觉得冷清得可怕，手机里放着有声版《安徒生童话》，心不在焉的我则盯着白惨惨的墙壁做了一个非常深刻的思想检讨，最后得出一个言简意赅的结论——自作孽不可活。

双节假期，中秋和国庆一起，看来别家月圆人团圆的时候我只能一个人趴阳台上跟嫦娥姐姐眉来眼去了。

属于我一个人的国庆假期就此开始，为了不虚度光阴，我连夜制定了个绝佳的杭州七日游计划。

白天在外面可着劲儿地疯跑倒也不觉得什么，只是晚上回到寝室独守空房时总情不自禁对自己"英明睿智"的决定有些耿耿于怀，最郁闷的是好歹别人回家了还记得问候我一声，而我的"真爱"好友却跟失踪了似的。

我自嘲，果然还是真爱难求。

国庆那天我一个人去吃了大餐，本来还打算去看个电影的，转念想到一次性浪漫完了中秋肯定更孤单，愣是就把看电影的计划推迟到了几天后。

中秋到了，我的一颗玻璃心也终于碎掉了，给朋友打电话不通，发短信不回，她整个人跟人间蒸发了似的，从走后便再无音讯。

我一个人对着白惨惨的墙伤心了会儿，决定为了弥补心灵的创伤先去吃个大餐再去看电影。

那天傍晚天气很好，我小小打扮了一番，刚要出门，隐约听到一阵匆忙的脚步声传来，心想又是哪个急着去约会的姑娘吧，下一刻门被推开，探进来一个顶着一头短发的脑袋。

第一反应，吓一跳，第二反应，惊一跳。

"是你？！"

"嘿嘿，不然呢。"好友气喘吁吁，眼睛笑得弯弯的新月似的。

"你是来……"

"陪你过中秋啊，月圆人团圆，怎么能丢下你一人呢？"

有种不知名的情绪瞬间席卷了整个人，我愣在原地，不知道是因为感动还是委屈，竟然热了眼眶，像个撒娇的小孩子，"给你发短信你都没回……"

"宕开一笔，先抑后扬。"

……

最终原定的大餐改成了肯德基打包，电影改成了赏玩西湖，一个人跟嫦娥姐姐眉来眼去改成了两花痴叼着薯条在西湖边探讨后羿的美色。

西湖真大啊，柳影婆娑，蓝莹莹的湖水中一点破碎的明月微微摇曳，夜色中美得仿佛不在人间。

十月的天气还很好，白天热得厉害，晚上微风轻柔，凉爽惬意，我心中的欢喜像是拥挤的泡泡，不断膨胀，时不时从唇角漾出来。

乐极生悲是真理，等到我俩从后羿许仙聊到家乡传说聊到旅游聊到校园八卦再聊到最喜欢吃什么馅儿的月饼的时候返回学校的我们悲催了，晚上学校竟然锁大门，进不去。

我俩研究了半天爬墙爬门技巧之后终究还是觉得蜀道难难于上青天，就此赏玩西湖变成了夜不归宿。

只是片刻的颓丧，我们就又一边聊喜欢什么样子的男生一边再次踏上了往西湖边的路。

凌晨两点的时候我俩找了把椅子栖息，因为实在说不行也走不动了。

整座城市都安眠了，我俩一人耳中塞着一只耳机，她左我右，互相枕着对方的肩膀，靠在一起的身上裹着她的大衬衫，听着豌豆公主的童话故事睡去。

第一缕天光划破黑暗的时候我睁开了眼睛。

好友正望着湖边的柳树发呆，安静的侧脸有点苍白，长长的睫毛一抖一抖的，那一刻我突然发现这个衣着干练的女孩子侧颜惊人的美。

她发现我醒了，冲我笑笑，说这姿势太难受，一晚没睡。

觉得难受还一整晚让我枕着，我觉得不好意思，忙帮她揉揉肩膀，两人起身伸伸胳膊踢踢腿儿，身上哪儿哪儿都不舒服，拖着疲惫的身体缓缓往学校走去。

直至今天，那个清晨总还会时不时地在我脑海中慢镜头回放。

我们走的方向刚好迎着东方，天边一点一点变亮，淡色的天幕一点一点笼上浅黄，原本寂静的马路开始有了声息，环卫工人蹬着车子与我们错身而过。

天边继而染上明媚的橙和鲜艳的红，我们回到校门口的时候不约而同抬头，耀眼的光线刹那冲破天际，夺目的朝阳缓缓升起，娇艳明媚的样子咄咄逼人，宛若盛放的金莲。

眼酸，我不禁抬手护在眼前。

周遭渐渐由安静变得喧嚣起来，一路我俩却都在沉默，只是好似那阳光突然暖到我心里去了，我不觉抓住好友的手，脱口而出："谢谢。"

她笑，在朝阳下眉眼弯弯，分外好看，"挺好玩的，我们以后一定还要再夜不归宿一次。"

"好，一定再来一次。"

国庆结束，丰富多彩的大学生活正式开始，越来越多的人走入我的人生，诸多事情发生，原本倾心相交的挚友却不知怎么就渐渐疏远了，甚至后来只能算得上是点头之交。

有时候我宁愿苍凉的不是这个世界，长情的也不是我。

不稳定易挥发的并不只有化学物质，还有感情，比如爱情，再比如友情。

纵使海誓山盟、信誓旦旦在这迷惘的花花世界里念着念着也就淡了，我们之间随口说说的约定又能算什么呢？

没了我，你依旧有想要认真对待的投缘人，没了你，我也还要继续寻找能够结伴同行的陌生人。

友情也罢，爱情也罢，相濡以沫有时终究不如相忘于江湖。

我为卿狂

Gareth：我有过三天三夜不眠不休的经历。

大家：这哪里是浪漫，分明是自虐好不好？

Gareth：……好吧，现在想想也的确是自虐，所以，有时候我就想，如果世界上真有后悔药卖就好了，那样我就可以……

大家：可以大睡特睡个三天三夜？

Gareth：……

坐家：嗯哼，真正的好戏，哦不，好故事现在开场，哦不，开讲！

Gareth：认识我的朋友都称我为谐星，不知道是这个称呼造就了我还是我演绎了这个称呼，总之我一直都是很随性的性格，整天嘻嘻哈哈没个正形，绝对一纯天然、无公害、made in China，镀金 in the great Britain、谁见谁知道、谁用谁说好、随时随地随大家任意调戏的萌——

大家：妹子？

Gareth：去，哥明明是汉子好不好！直直直、直男！

大家：咦，谁给扳直的？什么时候扳直的？！怎么扳直的？！！

Gareth：……

三天，72 小时，别说整个人生了，即使放在从出生到现在的八千多个日子里也不过可以忽略不计的一个零头，可是正是这个零头成就了我人生里最为隆重的一段时光。

当时平日一起玩的哥们儿们都以为我疯了，我不玩游戏、不看电影、不跟他们打球、不出去吃饭、甚至不睡觉，除了上课就是抱着电脑坐在床上敲键盘。

他们嘲笑我跟电脑恋爱了，我不言；他们质问我突然发什么神经，我不理。他们永远不知道一个十八岁的少年真要认真起来能够认真到什么程度，尤其是我这种性格，由于之前从没爆发过，所以便被当成了死火山。

愚蠢的人类啊，其实哥是活火山，只是经过了漫长的休眠期而已，这回就是哥蓄谋已久的十八年来非凡大爆发！

看着他们从刚开始的疑惑好奇到最后的听之任之，我摇头窃喜，燕雀安知鸿鹄之志。

现在我承认其实真正愚蠢的是我，可是当时就是那么傻那么疯狂，不过，这对于每一个恋爱的人来说不都是很正常的么？

是的，我恋爱了。

不，确切来说，不是恋爱，是暗恋，能不能成为明恋的关键就在这一次的放手一搏上了。

什么？我暗恋的女孩漂亮吗？废话！不漂亮我能喜欢，那头发、那脸、那眼睛、那嘴、那身高、那型、那气质、那款。

大家：绝对不是地球人的菜？

Gareth：……绝对是上帝为我量身定做的肋骨好不好（羞涩状）！

其余十一人集体宽面条汗在璀璨的星光中哗哗滴流啊流：哥，那姑娘到底长什么样啊？

Gareth：不好意思，四五年前的事情了，早忘了……

大家：我去……

坐家：继续继续，你到底做了什么？

Gareth：由于刚认识没多久，而且不在同一所学校，我对那个女孩的了解很少，所以就用了一周的时间搜集与她相关的材料，恰好赶上国庆放假，我就打算在假期之前给她个惊喜顺便向她表白，所以三天的时间我都在准备那份惊喜。我用搜集到的关于她的一点一滴做了一个网页，从材料整理、编辑、图画挑选、页面设计、动画制作、配乐到最后的修改完善都亲力亲为，然后还偷偷留了一小部分空间给我自己，放了我的信息，以便能够加深她对我的了解。

现在回忆那时候的感受，真是跌宕起伏、蜿蜒曲折（请别对我的成语水平吹毛求疵，我过的是英语八级，又不是中文。）

虽然之前经常熬夜，却从来没熬过那么长时间，所以到后期我真的很累很累，连喝咖啡都完全不管用了。我开始头疼、瞌睡、烦躁、看东西都是重影，真的好想就那样倒在床上睡到海枯石烂、天荒地老，可是我不能，不能闭眼、不能睡、不能放弃。于是我强打精神，第 n + 1 次把已经做好的网页从头修改一遍，再修改一遍。

其实只是用了一天一夜的时间我就做好了，之后向来大大咧咧不拘小节的我突然变得吹毛求疵起来，一遍遍地翻看，一遍遍地修改，一遍遍地把自己不喜欢的、不满意的、感觉不唯美的、配不上她的东西全部都推翻重做。所以，最后的完善修改竟然用了制作两倍的时间，我甚至有种错觉，如果不是要赶在她回家之前给她，我会一直修改下去。

到后来不知道是由于疲惫还是真的神经质了，原本自信满满的我竟然开始怀疑自己这个网页制作大赛第一名的水平了，一切的一切看上去都是那么的苍白无力、那么的平淡无奇、那么的……不浪漫。这样的东西真的能够打动她吗？我是不是应该选择更浪漫更奢华更排场更轰动的方式？

我原本想把自己最拿手的最精彩的东西展现给她，可是最后竟发现一切都很蹩脚，那种感觉就像准备把自家孩子送上婚礼之前蓦然意识到他残疾而且还智障。

没有人知道在把做好的网页拷贝在 u 盘上的时候我有多难受，那是一种近乎绝望的不完满，于是一直纠缠我的睡意都没了。只是三天，我像是沧桑了三年一般，想想自己三天前坐在电脑前那种窃喜甜蜜、期待渴望的心境真是恍如隔世。

所以等到站在她面前的时候，我用手遮住刺眼的阳光用一种近乎奇怪的淡漠语气说，里面有些好玩的东西，有时间的话你随便看看吧。

天知道，说完这句话之后我多想割掉自己的舌头。

她也没多说，接过 u 盘放到口袋里就坐上出租车走了，全然不知道装在她口袋里的还留有我体温的那个小小的 u 盘对于依旧站在原地眼神呆滞、形容憔悴、衣衫落拓的那个家伙而言代表了什么。

若是诚挚也能称重，我相信必定重逾千斤。

我呆呆地看着黄色的出租车消失在视线里，奋力把脚边的石子踢出去老远，也不知道发泄的是什么情绪。

她至少也该问一句里面是什么吧？怎么能就这样轻描淡写地走了呢？

心像是蓦然失重了一般，没着没落，慌得一塌糊涂。我对自己说，一定是因为太累了，睡一觉就好了。

整个国庆我都是在一种难以言喻的情绪中度过的，那期间一直没有收到她的信息，开学之后很长一段时间我们没见面，而且很默契地谁也没联系谁。我隐隐知道自己的告白失败了，她一定是不喜欢我。

可是就在短暂的不正常期结束之后我又步入生活正轨的时候她突然来找我了。

当时我刚打完篮球从操场上回来，满身的汗，真是狼狈。她那样突兀地出现，对我浅浅笑着，很美好的样子。我的心脏瞬间漏跳了半拍。别问我，为什么记不住她的长相却依然记得那个笑，我就是记得。

我很尴尬，问她：找我有什么事吗？怎么也没提前电话通知我一下。

她说：想给你个惊喜。

我的心跳又恢复了，只是快得不正常，我像个傻瓜一样抹了抹头上的汗，一时间忘言，只是嘿嘿傻笑着，惊喜，惊喜啊，呵呵。

可是这乍惊乍喜的心跳失常并没持续多久。

她说：不好意思，我有男朋友了，在老家，高中同学。

瞬间我的心归位了，只是携带了从三千尺的高空坠落的钝痛。讽刺啊，18 个页面，两句藏头话"我可以做你男朋友吗"竟得这样的回答。

此生唯一绞尽脑汁憋出来的小心思、小惊喜、小浪漫在她这句温柔得不像话的答复中瞬间碎为齑粉。我的世界静止了，唯有额头上的汗滴被风吹落，掉在球衣的左胸处，麻木的身体上只有那一滴汗水落下的感受被无限放大，或者那一滴冰凉本就来自左心房？

原来，从一开始，这就注定是一场必定会输的仗。来自火星的我真是可笑得可怜。

性格不好？不够优秀？长相不合她意？千万种被拒绝的可能我都想遍了，独独漏掉了她可能已经有男朋友了这一条。

一个星期的资料搜集，我以为我已经足够微笑着跟她说：我上辈子就了解你了，却原来，我的出发点、我的认知本就是乌龙的、有缺陷的，从头到尾，这都不过是一场滑稽的独角戏。

手里的篮球砰地掉落砸在脚上，我大梦三生般醒转，再次不能言语，只是嘿嘿傻笑，点头，说，这样啊，没，没事。

后来她就走了，再后来我们便渐渐断了联系，再再后来的现在我连她的样子都不记得了，你们看，还真是世事无常，原本还豪言她是上帝为我量身定做的肋骨呢。

其实如果这世界上当真有后悔药可卖的话，我并不想找回那三天丢失的睡眠，而是希望当时能够把网页做得更加完美。

不为别的，独角戏也好，没有观众欣赏也罢，我都希望在那场十八年一次的爆发中呈现的是最美好的自己。

坐家：你不觉得失败的症结是因为你没把调查做得更加彻底吗？你后不后悔用十八年一次的爆发换一场注定会输的乌龙表白？

Gareth：不。

人生就是这样，爱情就是这样，有时候一个小小的失误就会成为导致大厦倾颓的蚁穴，可是即使人生重来一次，该犯的错误我们依旧会犯，该漏掉的细节依然会被漏掉，毕竟我们的每天都是无法预先彩排的现场直播不是吗？那么我们当真应该后悔的的确不是没能避免失误而该是没把自己演到最好。

喜欢一个人，他就是心中神圣不可侵犯的神，什么都美，什么都好，尘世间再美再好的东西都配不上他。我们会因为这份喜欢变得吹毛求疵，开始否定自我，开始不求回报地付出，开始虔诚盲目地追随，开始绞尽脑汁只为拉近与他的距离，可是拉近了又觉得亵渎了神圣而怅然若失。

这样的情怀，人一辈子都该至少有一次，我想我明白 Gareth 的心情，我明白他的不后悔。

他的浪漫在那间狭小的寝室房间里不眠不休地绽放了三天三夜，哪怕那个女孩子也许并没有感受到，哪怕他的付出对象从一开始就是错的，哪怕到后来他换来的是一无所有。但是，疯狂过了，付出过了，浪漫过了，自己见证过了，就好。

用十八年一次的爆发换一场真心表白，输得很乌龙很滑稽也很彻底，但又怎样？我可以今天理直气壮地讲出这个故事，说我曾经浪漫过！

最美遇见你

我从小就喜欢捣鼓乐器，弹琴编曲都没什么问题。在英国读书的时候，我喜欢一个女孩，想要对她表明心意，又不想用太过直接的方式，思忖良久，便决定用琴声来代替语言，送她一场浪漫，换我一场成全。

精心准备了很久之后，终于在某个阳光温暖的午后，我约了她出来，地点是学校附近的一家咖啡馆。

咖啡馆不大，却很有情调，雅致又不失生动，关键是东南角处摆放着一架漂亮的小型三角钢琴。

下午四点，客人不多不少，向来随性的我来英国后第一次西装革履盛装出场，跟店主打了招呼，便坐在钢琴前等待。我一遍遍告诉自己说提前半小时来只是为了占位，因为这架钢琴真的很抢手，可是终究还是自欺欺人，事实不过是以为提前出现便能够占尽天时地利人和。

时间一分一秒过去，我从最初的喜形于色、乐不自胜、无限憧憬一点一点转变为坐立不安的焦灼。于是我又后悔了，怪自己傻，干嘛来得这么早，巴巴地给自己找难受。

生平第一次，我发现，原来等待是这般的煎熬。

离我们约好的时间只剩五分钟，她却依旧迟迟没有出现。她会不会忘记了我们的约定？会不会有事耽搁了？是不是突然生病了？一时间各种纷繁复杂的念头飘过，我更加不安起来。

是啊，谁规定了事情一定就会按照我的计划进行？中国不是有句老话叫好事多磨吗？呸呸呸，苍天呐，大地啊，千万别磨我啊别磨我，今天说什么也得请您老高抬贵手。

就在我像个人格分裂的家伙一样一面彬彬有礼地对每一个看过来的人微笑回礼一面思乱如麻、心潮难平的时候，她，出现了！

我是最不屑矫情的人，可是那一瞬间我就是矫情地想到了一句话——你是我的救赎。当时我差点离席而起，大步跑去迎接她，还好，理智尚在，狂喜之余我连忙收回视线，害怕她提前发现我，破坏了惊喜。

待她在侍应生的指引下入座，我便准备开弹了。她的座位是我刻意叮嘱了侍应生安排的，离钢琴不远，不过三步的距离，却是与我背对背的姿势。挺直腰背的那一刻我几乎神经质地以为感受到了她的温度，后背不由得一阵僵硬，总有一个不受控制的声音出现在脑海，告诉我她看过来了，看过来了，所以一时间周遭的气场不受控制，十指变得僵硬麻木，黑白琴键在眼前不规律地跳跃，几乎迷了我的眼。

平日里我自诩北京纯爷们儿，以为就像玩玩浪漫这样的事情还是手到擒来的，没想到现在却全身哪儿哪儿都不自在。我不得不在自控的同时偏转目光留意她的动向，好在，她的视线并没有投注到这边，果然是我想多了。

我冷静了一会儿，深吸一口气按下了第一个琴键，还好，多年的素养还在，没有出错。毕竟是自创的曲子，很快便进入了状态，终于，我全身又活络了过来。闭眼，不知是心理作用还是真的，周遭的世界渐渐安静了下来，只有来自我手下的音符一个个飘散在空中，越来越多的视线汇聚在我身上，一个，两个，不，这些都不是我期待的那双眼睛。

一曲马上就要结束，我豁然睁眼，是了，就在此刻。我蓦然转头，正好撞上她讶然转过的眸。视线交汇，光影扭曲，我的世界就此剧烈翻转、变幻、紧缩，最后小到只能放下一个她。

秋日午后的阳光很温柔，就那样熨贴地落满了她的半边身子，她穿米色针织衫红白格子学生裙，一半是明一半是暗，一边是光一边是影，虽不倾城却足以倾了我一个人的心。

这就是让我突然变得不像自己的姑娘，这就是让我绞尽脑汁想要靠近的姑娘，这就是我愿意焦灼等候的姑娘。手指敲下最后一个音符，起身，迎着她的目光缓缓向她走去，一步、两步、三步，我突然笑了，鬼使神差地伸手揉了揉她柔软的发，真是感知力迟钝的姑娘，现在才反应过来。不过……

迟钝，我也喜欢。

欣喜、讶然、感动、探寻、羞怯……上天毕竟对我不薄，在她向来无辜迷茫的大眼睛里我已经读到了我所期待的一切。

虽没明言，但我知道我的心意她都已悉数知晓。那天，我们聊了很多，聊了很久，我一直如坠云端。

事情已经过去好几年了，我和她也因为种种原因没能最终走到一起。可是直到今天，当时的一切仍旧记忆犹新。我早已明白当时之所以会那样失态不过是因为太过珍重，所以患得患失。不过也正是因为珍重，那样的失落和欣喜才能够历久弥新。等到在岁月中浸泡了这许久，一切风花雪月都可以信手捏来的时候，那一刻患得患失的纯真才更加显得珍贵。

其实，真正的浪漫不是钢琴、不是音乐、不是西装革履款款情深、不是咖啡馆的小情调，而是当我热切而又希冀地回首时撞上的恰好是你专注而温柔的眸。

岁月会渐渐模糊我们的容颜，可我终究不会忘记你的脸。

破碎的小宇宙

我与女友的开始很戏剧。一个大学同学喜欢我，可我对她只有朋友情谊，我俩谁都没挑明，一直维持着很好的朋友关系。有次我与同学相约去玩，说好多带些人，热闹。同学带的朋友就是我的女友，我和她一见钟情，由于她和我同学关系很好而我同学又喜欢我的事实，我们便开始了为期两个月的地下恋情。

我同学依旧会找我玩，给我买好吃的，变着法儿地对我好，还此地无银三百两地说对哥们儿好天经地义让我别有负担，可是她看着我时眼中的痴迷和期待连傻子都读得懂。

她越是纯真深情，我们的地下恋情越是甜蜜，我的负罪感就越是强烈。

对于我同学来说，她喜欢的男孩子背叛了她，她的闺密也背叛了她，这世间还有比这更残忍的事情吗？可是残忍并不是隐瞒的理由，因为在这个尴尬的三角关系里面我们都已泥足深陷。

最终，我们决定向她坦白。

我不知道一个女孩子能坚强到什么程度，可是看到我们垂手低眉却牵着手出现在她面前的时候，那个傻姑娘在短暂的错愕和沉默之后抬头笑得很灿烂，说：你们俩真是的，怎么现在才告诉我，而且还这么突然，非要搞什么惊喜，现在我脑袋都短路了，想了半天只能想到百年好合早生贵子了，怎么办？

对啊，怎么办，作为好朋友我明明看到你心碎如斯的样子却无法出言安慰，只能拼命点头，只因我就是伤你心的始作俑者。可是，我可以为喜欢上一个人找到千千万万个理由，却无法解释为什么偏偏就是没有喜欢上你，对不起……

看着同学微笑着离开却在转身的瞬间做了擦眼泪的动作，我一边目送她的背影，一边紧了紧女友的手，说：我们一定要好好的，一定要狠狠地幸福。

一定不要辜负这份理解和成全，这后半句我没说出口。

本以为我们终于剖白天下的爱情在经过了两个月的蛰伏之后终于可以破土而出，势如破竹地成长，从此花开花落幸福绵长，谁知道对同学的坦诚竟成了我们感情的转折点。现在回想也许当时不敢见光的那短短的两个月才是我们真正的幸福时光。

女友是个任性的女孩子，这我知道，所以我一直宠着她，惯着她，迁就她。我愿意接受她的所有，包括她任何的缺点。

可是，我自以为是的爱情之路越来越荆棘重生，而这些荆棘的制造者恰恰就是那个我挚爱的她。她开始因为鸡毛蒜皮的小事跟我争吵冷战，有时候说想我了，等我光速出现的时候，却根本看不到她的欣喜和感动。

冷漠，冷漠，满眼都是冷漠。

我开始痛苦，开始患得患失，开始反省自己，开始寻找问题的本因。

在这场我自始至终小心守护的爱情里到底哪里出错了。

等到这个问题的答案终于揭晓，我忽觉讽刺。

她说，我喜欢能够吊着我胃口的男人。

谁能告诉我什么叫吊着胃口？我深究这四个字的深刻内涵，用这辈子从未有过的认真，可是直到现在我都勘不破。

　　难道是因为我见她的次数太多了吗？那我应该从之前的一周四到五次减少到几次呢？是我给她打电话的次数太多了吗？那我应该从之前的每天一通减少到几通呢？是我给她的惊喜给她的礼物太多了吗？那我应该从隔三差五减少到多长时间送一次呢？是我看她的眼神太炽热了吗？那我应该戴上怎样的面具才能遮掩我无法遏制的深情呢？

　　看，她只须薄唇轻启，轻描淡写的一句话就让我绞尽脑汁、辗转难眠。

　　于是我开始以我认为的方式吊着她的胃口，一周去找她一次，三天给她打一通电话，一个月送一次礼物，克制自己不去看她的眼睛，说话语气尽量少些宠溺。

　　可是，貌似在她面前我永远掌握不了那个恰当的度，高兴的时候她质问为什么对她没之前那样好了，烦躁的时候她只是沉默，吃饭、看电影、手牵手逛公园的时候都不开口。

　　这压抑的沉默，这该死的沉默像是一团厚重的棉花包裹住我小心翼翼跳动着的心脏，我多想爆发，抓住她的双肩恶狠狠地问她：你！到底想要我怎么样？！

　　可是我没有，伤害深爱的人比伤害自己更加令人心痛。

　　我不忍心，哪怕只是看她皱皱眉头。

　　她开始对我若即若离，在这段感情里我完全丧失了安全感，时间长了，这种不安全感就渐渐转变成了我的地心引力，越是害怕失去便越是想要抓得紧一些，越是想要抓得紧一些她便离得我更远一些，所以我们的感情便在这样的恶性循环、迁就与被迁就中艰难跋涉。

　　终于，机会来了。

　　领导派我去北京总行学习一个月。

　　一个月不能见面这在我们之前是从来都没有过的。

　　我窃喜，一定要好好利用才对。于是我第一时间打电话给她，说：我要去北京培训，一个月，事情很突然，今天下午就出发了。

　　她说：好。

　　我说：一个月后我就回来了，你照顾好自己。

　　她说：好，记得打电话给我。

　　我说：必须的，我会想你的。

她说：嗯。

挂掉电话，我盲目的欣喜很快就消散了。北京到深圳，两千四百多公里的距离，一种被巨大的外力拉离轨道的失重感瞬间袭上心头。在这场即将面对的别离面前向来站在天平最底端的我自然做不到她那样的淡然。

可是我不能认输，因为我在赌，赌她到底在不在乎我，赌我能不能真正沉得住气，成功吊一次她的胃口。

我是一个人走的，偌大的机场小小的我，心绪复杂。

之前向往旅行、喜欢不安定，可是现在我却因为心中有牵挂而步履沉重心乱如麻。

好在我的手机相册里满满的都是我的牵挂，我极少的行囊里还有我们的合影。

到北京下了飞机我第一时间给她打了电话报平安。她还是之前的淡然语气，泰山崩于前兀自岿然不动的英雄本色，我自我安慰地笑笑，突然做了个大胆的决定，那就一个月都不要再打电话给她了。

第一天，告诉自己不要想她；

第二天，告诉自己不要给她打电话；

第三天，晚上跟新朋友一起去玩，告诉自己首都的美女真多啊；

第四天，早早躺在床上，不知不觉把她的照片从头到尾翻看了一遍，然后发现昨晚见过的美女的脸一张都没记住；

第七天，想她，还是想她；

第八天，把她在 QQ 空间，微信朋友圈和微博上更新的新动态以及跟别人的互动都看了一遍；

第十五天，用了将近 15 个小时把她 QQ 空间、微信朋友圈和微博上所有消息从头看到了尾。

第十六天，周六，跟新朋友爬了长城，故意跟漂亮的女同事们一起合影发到每一个聊天工具上发动朋友们评论，其实只是希望刺激她。

第十七天，选了几十张照片，找了家捏石膏像的地方拼了最美的胳膊最美的腿最美的脸最美的她出来。慰藉自己的同时想要送她做礼物；

第二十五天，为了抑制给她打电话的冲动买了一打啤酒把自己灌醉了。

第二十六天，告诉自己放弃吧，她不爱我，又骂自己胡思乱想。

　　将近一个月的时间里她一次电话都没给我打，我想，她是不是生气了，是不是在像之前的无数次一样等着我去道歉等着我去哄她。这个想法刚一出现就以惊涛骇浪之势迅速席卷了我的脑海。于是我提前定了培训结束后最早的一班飞机，带着恨不能把自己像火箭一样发射回去的急切匆匆赶回深圳。

　　其实我到她公司楼下时离下班时间还早，我怀里抱着那尊石膏像，疲惫不堪却心潮澎湃，就那样像个傻瓜一样一等就是两个小时。来来往往进进出出的人都以一样怪异的眼神看着我，我视若无睹。

　　终于，下班了，终于，她出来了，跟几个女孩子一起，巧笑倩兮，顾盼生辉，举手投足之间尽是让我想念的美好。

　　我笑得像个傻瓜，喊她，看到了她惊讶的眼神，却怎么都找不到惊喜。

　　她问，不是还有两天么，怎么这么早就回来了？

　　聪明如你看到如此呆傻如我，难道不知道为什么吗？

　　有股寒意自脚底而起，瞬间就侵上心头，我却强行将其压下去，献宝一样把石膏像给她，说，你看，我特意为你准备的，是我……

　　她环顾四周一眼，打断我的话，说：谢谢，走吧，我们回去吧。

　　那一刻我像是承载了一光年的疲惫，艰难地迈脚，跟在她后面。

　　什么时候变成这样了呢？之前喜欢挽着我的手臂粘着我跟我撒娇卖乖的女子哪里去了？

　　后来我找了个托辞没去她那里，而是回了家。一到家，我就扔下原本买给她的大包小包的东西回卧室去睡了，根本没管爸爸妈妈的嘘寒问暖。太累了，身累，心更累。

　　一觉十几小时，只觉人生恍然若梦。头疼得很，我出门去买咖啡，却鬼使神差地到了她租的房子里。

　　开门，进去，整洁的房间里空无一人，她已经出发去上班了。

　　我一步步走过，想象着她早上匆匆离去的身影，逆着她的步伐一点点感受时光倒流，走到卧室门口的时候我愣住了。

　　梳妆台上有个漂亮的石膏像——断臂的维纳斯，颜色还很深，明显新做的还没干。

　　身后有人开门进来了，前女友看到我有些惊讶，打了个招呼，说忘了东西，然后匆匆拿了文件夹就要走。

我送你的石膏像呢？我问。

就梳妆台上那个啊，我感觉怪怪的，就找朋友重做了一下。你别回去了，就在家里等我吧，晚上我们一起吃饭。

囡囡，我们分手吧。我喊她的小名，语气温柔得不像话，就那样，我一路微笑着走了。

这一次，我成功了，错身而过的时候，我在她古井无波的眼睛里看到了慌乱和害怕，可惜我只看到她嘴唇翕合，却听不到她到底说了些什么。

会是挽留吗？无所谓了。

就这样，我们的爱情以小说式的情节开始，却无法以小说式的完满结束。在过去的 183 个日子里她就是我的小太阳，一切都是围绕着她转的。

也许一个人能够给予另一个人的爱是恒定的，在这一场我曾经憧憬无比的跋涉里她的任性还是过早地消耗掉了我的爱。

当时我想告诉她这尊石膏像是我亲手做成的，她的脸，她的身，她的胳膊她的脚，每完成一样我就对她许下一个诺言；永远不生她的气，永远不惹她哭，永远不背叛她，永远不离开她……只要她能在我归来的时候给我一个温暖的怀抱，说一句想我，那么这一切的许诺都将成立，并且，我愿意就这样一辈子宠着她。

可是明显她给我的并不是我期许的。她甚至没给我机会说完，还把我的一片心意就那样轻描淡写地毁了。所以，诺言因条件不成立，作废。

那尊石膏像、那一场两小时的等待和那长达一个月的相思已经耗尽了我最后的温柔。

爱是迷障，过去的日子里我的双眼除了她之外什么都看不到，我的脑海里除了我们的未来之外什么都装不下，我的心里除了她满满的美好之外什么都容不了。

但是，而今，我明白了。那样的我，不是我。

如果爱，当然要深爱，但是爱，不是失去自傲，不是失去自尊，不是失去自我。

再见了，我的太阳，你的背影太冷，在凄寒中瑟缩了 4 个月后遍体鳞伤的我已经无法再沿着之前的轨道运转下去了。我决定放弃我们的感情，放弃对你的迁就，放弃我对你的爱。

曾经你是我的太阳，给我光给我温暖给我憧憬与热情，慢慢的，渐渐的，我不得不靠燃烧自己来温暖被你冷落了太久的心。而今，我烧倦了，烧累了，烧伤了，也烧怕了，所以决定离开，哪怕放手是粉身碎骨，是万劫不复，起码在最后的陨落里我能找回自我，为没有你的人生披上流星的决绝与美丽。

况且，谁说陨落的就必定是我呢？

怜取眼前人

奶奶是个非常温柔的人，我人生的前十八年几乎都是在她的陪伴下度过的。

每次我腻在她身边的时候，亲戚邻居都会感慨一句，这祖孙俩真亲啊。

窃喜，亲才对嘛，我们永远是彼此最特别的存在，要知道在我这个宝贝孙子面前连爷爷都是要退避三舍的。

离开家去读大学之前，为了方便时时刻刻掌握彼此的动向，在奶奶的积极配合下，我花了一周的时间教会了她玩 QQ，当时她笑得宛如年少的孩童，拉着我的手絮絮叨叨地叮嘱，"去了不许因为看到漂亮小姑娘就忘记奶奶，否则将来你带她回家过年，我可不给她包红包。"

"难道您希望我给您找个丑无盐孙媳啊？再说了我家奶奶又美又聪明，我怎么会忘记呢。"我一边安慰一边心底偷偷地笑，奶奶这算是在吃未来孙媳的醋吗？猴年马月的事呢。

"丑的更不给。"

我："……您是想我孤独终老吗？"

奶奶的确是个美人，她偏爱素净的衣服，长长的卷发总是盘成漂亮的发髻，每次出门前必定会精心打扮一番，比我妈都要讲究。虽然已经上了年纪，她身板依旧挺得笔直，行为举止落落大方，举手投足之间是岁月赋予的独特气度。有这样的奶奶，我是骄傲的。

只是人长大了总要面对别离，而且有了第一场就会有下一场，一旦开始就再也收势不住。

大学的最后一年要去英国，临行前好几天奶奶就闷闷不乐了，话变得稀少，人也变得严肃，她总是定定地盯着我看，直看得我心里发酸。

出发那天清晨，奶奶没出来送我，爸爸说她老人家还在睡，我知道她只是不想让我看到她落泪而已。

两个国家有时差，联系家人的时间硬生生缩短了不少，某天注意到奶奶的头像竟然 24 小时在线，我一个大男孩，竟然就没止住眼里的泪。

她的好友列表里只有一个人，除了我这个她最宝贝的孙子还能亮给谁看？

那年过年原本不打算回家的，可是打从看到那个终日亮着的头像，心底的惦念便开始呼啸呐喊。我要回去，不管怎样，于是便把一周的任务缩短到四天来完成，剩下的三天回家。

回家的消息我没告诉任何人，这是个惊喜，给爸妈的，给爷爷的，当然还有我最最亲爱的奶奶。

将近二十个小时的舟车劳顿在看到家门的一瞬间烟消云散，我小心翼翼地打开家门，像是怕惊扰了谁的梦。

听到声响，从厨房里探头出来的妈妈惊呼，"天，儿子回来了！"

房间里的老爸应了一句我听得清清楚楚的话，他说："你想儿子想疯了吧。"

"真是儿子回来了。"

我记的特别清楚，向来稳重的爸爸那天是从房间里面蹦出来的，看到我他愣了下，随即扑过来给了我一个大大的熊抱。

我猜到爸妈会欣喜，只是没想到竟然把老爸喜成了那个样子，一抱之下勒得我几乎内伤。

我不禁失笑，一边拍拍老爸的背从他怀里挣扎出来一边在目光所及之处找寻奶奶的所在，没有。

"奶奶，我回来了！"

没人回应，再喊，还是没人应。

"奶奶出去了？"

我回头，这才看到爸妈脸上倏忽浮现的凝重，还有一丝别的什么。

心蓦地漏跳了一拍，我盯着爸爸的眼睛，问："怎么了，你们表情怎么都那么怪？"

"你奶奶感冒了，在医院挂水。"

"不严重吧，我这就去看她。"

爸爸点点头，声音闷闷的，"嗯，不严重，吃了晚饭再去吧，你爷爷陪着呢。"

看到我，奶奶喜极而泣，当即就从病床上坐起来拉着我的手问长问短。许是由于感冒的缘故，她说话声音很轻很轻，头上还戴了帽子保暖。

那三天我一天三趟地往医院跑，有天早上看到她枕头上湿湿的痕迹，就笑了，"我爷爷还跟我说您坏话了呢，说您一把年纪的人了竟然学会了流口水。"

听我这样说，奶奶也笑了，因为生病而憔悴的容颜增添了些许红润的光彩，她笑骂，"你爷爷就指着在你面前败坏我的形象呢。"

"怎么可能，在我心中奶奶永远光辉高大。"

奶奶颇为受用，只是又落了泪，一定是因为想到我马上又要走了。

归家前的每一分钟是以年来计算的，在家的每一天是以秒来计算的，感觉我甚至还没来得及好好看看每一个人就又要匆匆离开。奶奶还在病床上，所以依旧没能来送我。

有时候我真恨极了自己的神经大条，当时竟然没有捕捉到全家人眼中的悲伤和语气中的敷衍躲闪。

两个月后，爸爸打来电话说："你奶奶不行了。"

大脑瞬间空白，萎顿于地的我用了很长很长时间才反应过来"不行"两个字是什么意思。

奶奶生病了，癌症晚期，我过年回去的时候她已经在医院待了一段时间，只是她执拗地不允许家人和医生告诉我真相，说怕我担心，影响学业。

为了能够多与我说说话，她让爸爸给买了新手机，QQ一天二十四小时不敢下线，只怕我跟她说话时不能及时看见。

她是在用生命守候与我的每一次对话，而我全然不知。

再次风风火火赶回家，却是带着那样绝望的心情。

我永远忘不了最后一次见奶奶的样子。

她当时疼得整晚整晚睡不着觉，于是便盯着手机发呆，我终于知道枕头上的湿润不是口水而是眼泪。

奶奶那么痛，当时在我面前是怎么笑出来的?

那么爱美的奶奶到最后已经完全没有力气顾及自己的容颜，曾经的优雅美丽迅速地随着生命的流逝而消散。

我站在病房外，偷偷看着她苍白憔悴骨瘦如柴眼窝深陷的样子，多么想进去抱抱她，抓住她的手，告诉她不要害怕，只是我不能。

明明只需伸手推门就可跨越的距离，成了我无法逾越的天险，因为我还要维持一个谎言来粉饰太平。

我：奶奶，最近身体怎么样？

奶奶：很好，不用担心，倒是你一个人在外面，一定要记得好好吃饭。

我：嗯，谨遵奶奶教诲，最近还有去跳广场舞吗？

奶奶：去了，天天跳同一支舞我都腻了。谈女朋友了吗？

我：没有。

奶奶：奶奶改变主意了，美丑无所谓，只要你喜欢就好，有合适的就赶紧找吧，先下手为强，再晚了好姑娘都让别人挑完了。

我：好。

奶奶：暑假就带回来。

我：好的，听您的。

QQ上奶奶没有再说话，这时病房里传出她的声音："医生，你一定要……一定要帮帮我，我还没……没见过我孙媳妇儿呢，我答应要给她包……包大大的红包。"

在门外听到向来骄傲的老人颤抖着声音发出生命最脆弱的祈求时，我终于泣不成声。

生命垂危之际她还在惦记我们的约定，这世间怕只有她一人是把我当命来疼。

奶奶终究没能挺过来，于痛苦中永远离开了。

有时上天真的很残忍，非要把奶奶折磨到健康、美丽、气质、甚至尊严都没有了才肯离去。

树欲静而风不止，子欲孝而亲不在。

唯愿世间再无病痛，你我都能怜取眼前人。

甜蜜的守望

当年我所就读的高中是寄宿制，就是需要在学校里待长长的五天，周末两天才能被放回家的那种。

学校有个奇怪的现象，那便是每到高考前的一个月，很多学生都会选择回家自己复习。

故事发生在 2002 年 6 月，现在想来那个六月当真特别，是我整个青春里最为兵荒马乱的一段时间。

也许漫长的等待并不难熬，难熬的是漫长等待的即将结束。

被囚禁了十八年的人生终于要得到解放，想到这里，我们再也顾不上将来会怎样，只像一个个被憋坏了的笼中鸟，向往自由的天堂，这多半也是大多数同学选择回家的原因。

一如既往的，要搬回家的学生有诸多事务需要忙，而处理旧参考书也算其中一桩。

对于那些让大家又爱又恨的参考书扔掉可惜带回家又是费时耗力的巨大工程，是以大家最中意的处理办法还是当作二手书变卖。

高年级学生毕业前售卖参考书是惯例，低年级学生也乐得省钱省力低价购买。

可是当时大家都很忙，虽都想卖，愿意亲力亲为的人却少，不过打小对经商感兴趣的我是个例外，于是我便成为那届二手书市场中的总代理，同学的旧书都由我来代卖，所得利益稍后分成。

就这样，在寝室门前摆摊卖旧书，便成了我高中时期的一个小的生意史。

不愿意动脑筋的生意人不是好的生意人，由于时间宝贵，售卖期只是短短的三天，自然容不得半点失误。

我请了另外一位同学来帮我做销售，他的摊位就在我的斜对面，由于这位"竞争对手"定价颇高，物美价廉的我这边自然客似云来。

如此，由于竞争策略引进得当，我的小生意做得风生水起。

那个小女孩就是在我生意做得如火如荼的第二天出现的。不得不承认，她是个特别的顾客，眼光独到精准，挑选的书都是高品质的，这引起了我的关注。

惯会动脑子的我不太喜欢多动嘴，所以与顾客之间的交流多半是对方先开口询问，我则言简意赅地答，而在挑挑捡捡的她面前，我竟破天荒地先开了口。

"慢慢挑哈，我这边参考书很全的。"

正在专心致志翻书的小姑娘像是被突然打破沉默的我吓了一跳，愕然抬头。

那是一双很漂亮的眼睛，眼白纯净，色泽接近纯黑的瞳仁周围像是蓄着一汪清泉，视线微动则水波荡漾，那样灵动的样子一眼看上去只觉得她的双眸是带着光的。

心下不由触动，我竟被她看得有些脸红，轻咳一声掩饰尴尬，"同学读几年级啊，拿不定主意的话，我可以帮忙推荐。"

小姑娘半点也不设防的样子，有问必答，很快我就明了了：高一理科某尖子班的学生，将来可能会选择物理专业，喜欢心理学。

非常具有前瞻性的女孩子，才高一就开始复习了，而且最重要的是听起来跟我惊人的有缘分。

狂喜，我的专业便是物理，又打小对心理学感兴趣。

我们的第一次对话可以用相谈甚欢来形容，那天最终她并没有买书，只是说第二天会再来。

当天晚上精明的生意人做了一件很唯心的事情。我把她可能会感兴趣的书全部挑选出来，高高地摆在桌子上，看着傻乐。

精挑细选的书第二天出现在了小摊上，只是他们有个特殊的名字——非卖品。

小姑娘如约而至，不出意外地视线在非卖品上流连半晌，然后用灵气的大眼睛望着我，"师兄，这些书真的不卖吗？"

柔柔的声音像是没经耳朵直接落在了心上，撩拨起隐隐的痛，心跳得异常迅速。

怦然心动。

我努力维持冷静，笑着摇摇头。

对方明显有些失望，视线下垂，长长的睫毛落下，在眼睑处勾勒出楚楚可怜的弧度，一双手在剩余的书中挑挑捡捡，却不在任何一本上多做停留。

让她希望落空，我于心不忍，只是却又有一种奇怪的欢喜，不觉唇角上扬的弧度增大，"看着你很喜欢的样子，就都送你吧。"

"啊？"小姑娘明显一惊，视线触上我的，有小小的羞赧，不过笑得却甜美，极其乖巧地说了句，"谢谢师兄。"

如此，我们便算认识了，因书结缘。

三天售卖结束，除却返还同学的一部分，剩下的收益依旧可观，只是我最有成就感的欣喜并不在此。

后来与那个小姑娘在学校里遇到，总会在打招呼错身而过之后听到与她同行的同学在她耳边窃窃私语，夹杂着暧昧的低笑。

我装作没听见，欣喜却丝丝密密地爬上心头爬上唇角。

在她的那些朋友眼里，我是不一样的存在，这貌似是个不错的兆头。

我没有像其他同学一样回家，而是选择留在学校里复习。

周五放学，大家都要回家，而我因为周六要在学校附近补课只能继续待在学校复习。

高三教室在顶楼，之前每每在放学时分透过玻璃窗看到大家高高兴兴地背包回家我都有小小的惋惜，可是打从卖书一事之后，小惋惜变成了小开心。

我开始不自觉在回家的人流中搜寻某个小巧的身影。

看到了就喜不自胜，看不到心底就空落落的。

心中虽然有了牵念，其他的却不敢奢望。

高中学校管理严格，敢谈恋爱的也就那么屈指可数的几对，还是绝对的地下党。而且我即将离开学校，她却还有漫长的两年要走。

可幸我们的理想是一样的，她也想要报考复旦大学。

只是我小心收藏的小心思并没维持多久。由于高考失利，我的理想变成了永远的遗憾，阴差阳错地进了对外经贸大学。不得不承认，这也严重打击了我本就小心翼翼如缕薄冰的自信。

听说她两年后也未能成功如愿，不过还是零志愿为浙江大学竺可桢学院录取，专修心理学。

说来也是造化弄人，我们俩最后竟都以无心插柳的方式走向未来。

直到现在，十几年过去，有时候仍旧会情不自禁想起那双灵动的眼睛。

懵懂的年纪，小心翼翼的心动，虽然成了遗憾，却也成为我此生最难以忘却的小浪漫。

正如断臂的维纳斯，缺憾也是美。

囧囧有神的穷游者

作为绝对具有穷游精神的穷游者，我非常敬业地身无分文，经济大权都掌握在 Helen 手里，而作为绝对敬业的两名穷游者中的管家婆，Helen 身上的现金通常也不会有很多。

于是由于穷而引出的一幕幕小插曲就此上演。

囧人囧事一：

岛上第一天晚餐后大家一起去海边散步，夜幕下蓝幽幽的海边微风吹拂，非常惬意，每个人都停下脚步，三五成群地聊天听浪。

我和 Jack 在一起，听他吹口琴。

抱膝迎风坐着，左耳是欢愉的音乐，右耳是海浪寂寞的拍打声，我抬头望天，并不明显的闪烁隐隐约约散落空中，起初只觉并不多，仔细看时才发现到处都是，星星调皮地眨着眼睛，是藏在被子里闹脾气不肯睡去的孩童。

赏玩休憩了一会儿，一群人沿着海岸再次踏浪向前的时候才发现 Helen 和杰睿双双不见了。

他俩的失踪维持了很长时间，中间迎面撞上他们好似已经转了一圈回来了，两人不知道在聊些什么，都很投入，跟我们打了个招呼就又走了。

后来女孩子们都要回酒店，几个小伙子跟 Jack 找了海边小酒吧要了饮料啤酒一边喝一边看球赛。

这个时候我的去向成了问题，回去吧，房卡在再次失踪了的 Helen 手里；留下吧，跟小伙子们不熟，关键没钱。

有人故意开玩笑，对继晚餐之后我再次被抛弃表示同情，我赧然笑笑。

一路走来我俩形影不离，到岛上之后 Helen 姑娘恍若鱼入大海，我一人面对陌生的环境和不太熟悉的人，说实话，其实真的会有那么一点点的失落。

偏生小伙子们还可着劲儿地提醒我被抛弃的身份，危难时刻还是女孩子们比较靠谱，Charis 说：那么久没见，他们肯定有很多话想要说。

我顿觉醍醐灌顶，是啊，很久不见的挚友不都要促膝长谈的么，差点就被带歪动摇我们那么久携手走天涯的革命友情了，罪过啊罪过。

这时候 Gareth 喊："跟我们坐一起等吧，我请你喝饮料。"

很穷的本质连最大大咧咧的人都看出来了。

断然拒绝，谁叫咱人穷志不短。

囧人囧事二：

那是我们第一次骑行到终点之后发生的事情。

其实出发前杰睿叮嘱过我们要少带些钱的，无官一身轻，这种事情有 Helen 在我自然不会操心。

到了目的地的时候大家都去买雪糕，我俩也过去了。在看到冷柜旁边的价目表时 Helen 傻了，最便宜的雪糕 2.5 欧，Helen 从兜里拿出可怜兮兮的 2 欧看了下，对全然不知情的我说："我就带了这么多钱。"

言下之意：一个雪糕都买不起……

"我请你们吃吧。"这是 Charis 说的，就这样我俩都被接济了。

等等，杰睿干嘛也跟着趁火打劫，你明明是土豪来的，竟然让女孩子请客！

囧人囧事三：

第三次骑行中途某港口。

杰睿：今天的冰淇淋我请客，要男人味还是女人味的。

我脱口而出"女人味"，然后才反应过来被玩笑了。

由于杰睿的误导，我至今都不知道那家超级好吃的冰淇淋店里到底都有什么口味，甚至也不知道我吃的是什么口味，只记得一点：男人味的冰淇淋是红酒味的。

后来大家点饮料，我在接过菜单之前先看向 Helen，得到她今天带足了钱的回应之后才开始点。

那是一款看起来很有品味的饮料，透明的杯子，浅碧的液体，杯壁上夹着一片柠檬，怎么看起来怎么可口，于是迫不及待地喝了一口，遂感吐槽无力：如此暗黑的饮料怎么好意思长成这么小清新的样子！

那杯饮料里是有酒精的，并且经 Helen 鉴定影响味道的那种物质是德国的一种什么草。

虽然它实在难喝，本着决不浪费一分钱的大无畏精神，我和 Helen 还是把一大杯都解决掉了。

最后去付钱的时候被告知阿策已经替我们付过了。

囧人囧事四：

第一个集体休息日，逛完跳蚤市场，几个队员自发组队先一步去了我们第二天即将前往的目的地，Helen 也在其中，我则留在酒店休养生息。

下午百无聊赖到楼下上网，看到杰睿、Gareth、Larry 三人在沙发上便跟他们坐一起聊天。中途发现老妈在线，跟她视频，聊天过程中身边时不时传来诸如"什么时候带我回去看咱妈啊"，"我看咱们都这么情投意合了就不要藏着掖着了"，"阿姨，做您女婿可好"之类的声音。

老妈终于不淡定了，问旁边是什么人在说话。

我把手机递给身边几人，手机一个个传过去，三人一个比一个道貌岸然彬彬有礼，哪里还有刚刚捣乱的样子。

我索性要回手机问我妈：看上哪个了，回头过年给您带回去。

我妈：三个都不错，全带回来吧。

我：……

视频完毕，Gareth 回房睡觉，Larry 和杰睿问我要不要一起去喝汤。

我：我没钱。（实在坦诚）

他们：没事，我们有。

为了挽救我七零八落的自尊心，当天晚上我跟 Helen 申请要些活动经费，Helen 极其大方地赏了我 20 欧，一天过去了，两天过去了，三天过去了，离开那天我把 20 欧大钞原封不动地又交了回去。

囧人囧事五：

由于上火毁容，在岛上我拍照的积极性并不怎么高。

Zero 拿着相机抓拍了好几次我都躲了过去，可是这个小伙子依旧锲而不舍地发挥

中国民族不抛弃不放弃的传统美德，并且改为迂回路线，抓拍改偷拍。

到达花厅之后他的异动再次被我发现，索性转过头去配合一次，满足他的好奇心。

后来 Zero 看完照片惊喜感慨，"我终于发现了你最美的拍照角度，侧脸。"

从此我的照片便只剩下了各种各样的侧脸照。

囧人囧事之最囧：

Helen 的行李中除了十几套衣服、好几套与衣服相配的首饰、三双鞋子之外还有她先前在云南买的一个草帽。

骑行事故第二天下午，大家集合一起去海边散步，Helen 觉得毕竟带也带来了，不让它发挥一下作用终究不好，于是穿了长而迤逦的裙子，把在旅行箱里挤压了很久的草帽也拿了出来。

在她收拾准备的空档，我百无聊赖，就把大大的草帽戴到头上出去大厅里炫耀。

当时大厅里 Jack、Gareth、Wendy 和 Ann 已经等着了，我戴着草帽还没晃悠多久，一个东西从上面掉了下来，不过作为当事人的我并没发现，还跟 Jack 探讨中国的草帽艺术。

Wendy 俯身过来小声说："带子掉了。"

我："啊？"

Wendy 尴尬地指了指地上。

我低头，视线触碰到地上躺着的那条内衣带子时只觉脸唰得就红了，以极囧极尴尬的姿势把那个带子捡起来，狼狈逃回房间，声讨 Helen 不把内衣带子放好，害我一世英明全毁了。

听了我的描述 Helen 足笑了有五分钟之久，至今为止我都不知道 Jack 和 Gareth 有没有看到带子从草帽上落下的那一幕，也不知道在之前我炫耀的那段时间里那根内衣带子是藏在哪里的。

所以说，做人还是要谨守本分，不要肖想不属于自己的东西。

即使肖想了，也要低调，否则结局很有可能是：节操，卒。

至今此事在我心底依旧留有阴影，目测短期内无法治愈，所以索性把这件伤心事放上来让大家乐乐。

别离

来的时候有人接，走的时候有人送。

岛上的七天，是整个旅途中最美好的一部分。

离别总是伤感和依依不舍的，但是在转身之前我们都会努力表现出欢快，会努力拉起唇角在自己脸上贴上笑容。

那天清晨的阳光很温暖，我们在酒店门口的台阶上等车，拍照留念。

七天的相处，说长不长说短不短，只是在一起经历了那许多的事情，有了那样坦诚真挚的交流之后仿佛已经相交多年。

Gareth 和 Joe 依旧搞怪，我们几个女孩子被逗得前仰后合。

大家都知道此次一别再聚首便很难了，所以便可着劲儿地拍照，想要更多地留下彼此的模样。

我想，那些愿意跟你合影的人是真正值得珍惜的，因为不喜欢你的人甚至连影子都不愿意留在你的照片上。

已经不记得那天到底拍了多少张全家福，只要一人拿着手机，大家就都会把自己的头凑过来，一起卖萌，一起搞怪，一起微笑，一起珍惜最后的欢聚时光。

终究我们背着沉甸甸的行李离开。

我和 Helen 的手里拿着大家不知道从哪儿摘来的小花，一直一直都舍不得扔掉。

那样深深深深的眷恋藏在心底，无法触碰，稍微一动就怕满心的酸楚和不舍溢出来。

说好了，我们会下次再见的。

所以这次，我们谁也不许哭，好吗？

回国后某次有人听说我的这段经历，问，你喜欢骑行吗？

我答：我喜欢和他们一起骑行。

因为一些人，爱上一样运动。

这样的经历，终生难忘。

亲爱的你，会不会相信在某些地方、在某些人面前即使再杂芜的人生也能开得出漂亮夺目的花？

上帝创造的最美的语言

音乐和舞蹈一定是上帝创造的两门最美的语言。

舞蹈——弗拉明戈

吉普赛人说："它就在我们的血液里！"

在异族人眼里，它是吉普赛，是卡门，是那些来自遥远异乡的，美丽而桀骜不驯的灵魂。

它就是慷慨、狂热、豪放不羁、妖娆艳丽到能让你怦然心动又婉转惆怅到让你泪盈于睫的弗拉明戈。

位于西班牙南部安达卢西亚地区的塞维利亚是弗拉明戈的发源地之一。

由于乘坐午夜航班，来到这座城市的时候我们两人绝对是风尘仆仆，而且还在乘坐巴士去旅馆途中坐过了站。

清晨的天气有点阴，我俩都没怎么多话，只是拖着沉重而巨大的行李箱在青砖马路上默然往回返。

道路两边是不知名的树木，间或还有几棵结满墨绿色果子的桔子树。与风格张扬瑰丽的巴塞罗那相比，这座城市实在不算是令人惊艳，加之一晚上没睡，我们没什么心情欣赏，只是在穿街过巷的过程中偶尔多看几眼某些建筑顶端颇有宗教气息的纹饰。

旅行箱的轮子在青砖马路上发出沉闷而聒噪的声响，那个藏在不知道哪个犄角旮旯里的青旅实在太难找了，迷宫一样的街巷里我俩无助地穿行，在问了五六个路人，来来回回前前后后转了好多遍之后，我们才成功入住。

老板是个英俊的英国青年，能够流畅地说好几个国家的语言，他热情地帮我们定好了晚上观看演出的票，我俩在附近的一个小餐厅吃了点简单的 tapas 就回旅馆收拾休息。

当时我正被一本小说虐得死去活来，躺在床上为故事中的男女主角落了会儿泪才沉沉睡去。

一早就醒来的 Helen 在床上玩手机，看我疲惫便没忍心喊我起床，于是这一觉醒来就是下午三点多了。时间有限，我们并没有去各个景点，只是在步行去车站买票途中随意赏玩了一会儿。

从繁华的都市到如此安详宁静的地方都有种归园田居的感觉了，除却天色不佳之外，其实也算别有风情。

回来的路上下起了不小的雨，我俩吃了晚饭直接回旅馆等待晚上的演出。

青旅老板说很多小酒馆里只需要十多欧的酒水钱就能免费观看表演，不过我们还是选择了价格高好几倍却专业的演出。

不想演出的地方也是个不大的酒馆，门外挂着几幅舞蹈的照片与其他门庭区别开来。

我们到的时候门外已经排了不少人。慕名而来的各个国家的男女老少小声交谈着，全然没有在细雨中等待的焦躁，相见便是缘分，宁静的夜晚，他们与马上便会擦肩而过也许今生再也无缘相见的过客互相讲述发生在自己身上或者身边的故事，排遣等待的寂寞。

昏黄的路灯氤氲的光线中石块铺就的街道简直可以用明净形容了。两边黑白两色的建筑整齐挺立，天空沉沉，远处一点朦胧的星光闪耀，很是普通的巷景，不知为何，漫不经心地一回头间我竟觉眼前景色美得让人转不开视线。

酒馆里面实在不大，却胜在精致整洁，进门左侧的高台上有个迷你酒吧，年轻漂亮的服务员姑娘为每一位顾客端来了免费的酒水。红色的液体，里面添加了各色水果，之前晚餐的时候已经品尝过，只是这一大杯的味道竟是格外的好。

　　房间装饰得甚为典雅，一幅幅舞者的图画在演出开始前更是引得人翘首企盼。

　　终于，观众席上灯光熄灭，并不大的舞台周遭亮起了两盏不算明亮的灯光。

　　四位男士从舞台左侧的狭窄楼梯内依次出场，其中两个抱着吉他坐在舞台最里面，另两人分别站在两侧。

　　最先开口的高个子男子有一双深邃的眼睛，他的声音浑厚而苍凉，略微沙哑，那些我完全听不懂的歌词刚一出口就带上了些许悲伤的色彩，每次挑高音调的时候他都会闭上眼睛，仿佛诉说的是源自灵魂最深处的情感。

　　掌击和脚踏声也随之响起，间或还有由一个大胡子演奏者手中流泻而出的吉他声。

　　几声吟唱之后，其余几位男子异口同声地低声回应，他的悲伤他们一定都懂得清晰，不似我们这样雾里看花般朦胧。

　　穿着暗红色长裙的舞者就在这个时候出现，长发用两只亮光闪闪的发夹一丝不苟地别在脑后，她体态丰腴，不太年轻，也没有浓妆艳抹，五官却非常迷人。

　　舞者在身后伴奏者一个接一个的吟唱中缓缓伸展手臂，她身姿柔美，一转身一回目间尽是悲悯而桀骜的风情，长长的裙裾下低跟的鞋子随着伴奏铿锵有力地撞击着地板，并且随着节奏的加快而越来越迅捷。

　　歌者的声音愈加嘹亮有力，掌击声和脚踏声越来越快，越来越响亮，吉他的弹奏也快速了起来。

只见舞者一个转身，双手利落地提起裙裾，修长漂亮的两条小腿随着舞步摆动，到最后脚上的节奏太快，简直让人应接不暇，仿佛你的一颗心也跟着这音乐这舞蹈激昂起来，光与影的变幻中，视线里只能容得下舞者冷艳魅惑的眼神，柔软的臂膀，旋转的身形，如水的裙裾，结实的小腿，以及跳跃踢踏的脚步。

第二个舞者是位体型消瘦纤长的男子，微卷的发，考究的西装，衬衫衣领处还绑了鲜红色的领结。他的舞步与女舞者的柔美冷艳不同，更加热情张扬，一双纤长的瘦腿演绎出的舞步却矫健非常，地板被踩踏得咚咚响，跟着他的热情一起震动起来。

舞到极致，身上的西装俨然已经成了累赘，他低眉处拉掉脖颈上的领结，又一个转身，外套便被潇洒地甩了开去，整个人仿佛也随着舞蹈浴火重生，铺天盖地的狂野气息扑面而来，汗水顺着他的脸颊缓缓滑下，黑色的衬衫衣领敞开着，胸部因为剧烈运动而起伏不停，古铜色的肌理在晕黄的灯光下愈发显得紧致结实。

这一刻，他摆脱了纤瘦的体型，不再单纯是一个舞者，而是力与美的化身！

第三位舞者仍旧是女子，黑亮的发髻上插了艳丽的红花，与红色的唇交相辉映，并不精致的容颜也骤然风情起来。她着黑色的长裙，荷叶边纷繁复杂，裙裾长长地拖在身后。她双手中拿了两个铜质的小铃样貌的乐器，使得动人心魄的击打节奏更加空灵，长长的裙裾在她身后飞扬舞动。

不需要艳丽的服装，漂亮的容颜，她就已经是高傲的孔雀，目空一切，世间万物臣服在她热烈的舞步中，她的风华无人能及，纤柔的身躯召唤来了令人震撼的极致力量。

舞至最后，舞者一遍遍鞠躬羡慕，除了掌声之外我们已经忘记言语，只觉得眼眶温热，有些不能言语的情绪就那样无声地流泻了出来。太美了！

最后还有双人舞，混合舞，每一场中间我们都屏息凝神，每一场结束都是掌声雷动。

那个雨夜，小小的酒馆中，舞者们在舞台上用汗水和热情把他们的一部分灵魂与我们分享。

纵使生命颠沛流离，他们也从不曾屈服，纵使潦倒悲伤，他们也秉承着令人震撼的勇气活得浓烈恣意。这舞蹈的美值了我们千呼万唤始出来的等待。

奔放却无情，热烈却悲伤，恣意而又缠绵，华美而又空灵，冷漠而又倔强，我想在巴黎圣母院前热舞的红衣女郎爱斯梅拉达该是多么的张扬明艳。

这世间有一种缺憾叫太过美好吧，所以不管是这场舞蹈还是《巴黎圣母院》中那个红衣的吉普赛女郎都因太美而让人心生伤悲。

塞维利亚唯一的收获便是这场舞。

不来，便是遗憾终生。

音乐——印第安之声

他们五官棱角分明，眼睑下面分别是斜斜的两道白蓝色的油彩。长长的黑发披散着，头上顶着漂亮的羽毛冠饰，色彩斑斓的服装、独特个性的首饰，周身每个细节都散发着原始的狂野气息。

一人持洞箫，另一人握排箫。

从他们口中流泻而出的是潺潺的流水巍巍的高山，是苍翠的森林广袤的土地，是浩瀚的大海翱翔的雄鹰，是一朵花开一片叶落一滴雨坠一阵风过，是飞雪飘飘白云悠然，是冰的明净火的热烈，是这个世界上每一个生命用灵魂翩翩起舞的声音。

这样的世间至美面前，任何言辞文字都显苍白无力。

此刻，你不能迈步，不能眨眼，甚至不能呼吸，过多的动作只是亵渎。

你的世界里满满的都是震撼，是倾服，是对美的虔诚敬畏。

我呆呆地站在两个印第安人面前，山高水长、天广地阔呼啸着扑面而来，也许只是短暂的一瞬，却又像是漫长的一生。

曾经所羡慕的，此刻成真，我亲眼看到了他们，亲耳听到了如此美妙的天籁，他们用音符把整个世界带到了我眼前，这一场聆听告诉了我幸福的真谛——

返璞归真。

　　这一幕发生在马略卡岛上，那是我第二次参观跳蚤市场。离海不过十几米的宽阔街道上一个又一个的小隔间里面摆满了琳琅满目的衣服饰品瓜果菜蔬，如此大排档式的市集虽然比马德里的规格高了许多，却依旧没什么新奇之处。

　　我跟在大家后面一路漫不经心地走着。正午的阳光有些刺眼，连从海上吹来的风都有些懒洋洋的，顿觉意兴阑珊。

　　就在这时，大街闹市中，空灵的乐声乍然响起，我猛然回头，来来往往的人群之外，两个奇装异服的印第安人仿佛穿越了时间与空间从未知的世界突然降临，就那样轻易地吸引了我的视线，只是匆匆一瞥间魂为之销神为之夺，惊喜总是这般突如其来。

　　显然，作为参加集市的摊贩，他们吹奏如此美妙的音乐主要是为了招徕顾客。

　　小摊上的手工艺品每一件都漂亮到极致，只是最吸引我的终究只是音乐，甚至后来待其他人逛了一圈会合后我们还在附近的小酒吧前坐了很久。

　　中午集市会有三个小时的时间停止交易让商贩吃饭休息，我眼睁睁看着那两个印第安人拿掉头上的羽冠，脱下外面的华服，抹掉脸上的油彩，变身跟我们一样的平凡，T恤牛仔裤，强壮而又时尚，其中一人许是因为我注视的目光太过炽烈，还跟我笑了下，点点头。我受宠若惊，赧然一笑，恍若大梦初醒。

　　不过，能在这样美妙的音乐中大梦一场，又何尝不是一场美妙的体验。

　　在这场旅行中，奇遇多多。

　　我想上帝实在用心良苦，他深知在自己创造的世界里真与假共生，善与恶同在，美与丑俱存，所以才给了人一双眼睛和两只耳朵。在用一眼一耳发现聆听真善美的同时我们也要用另一眼一耳正视甄别假恶丑，有所区别，美是为美，丑才是丑。莫要在美里过度迷醉，也莫要在丑里绝望沉沦。

　　在尘世里做一只迷惘挣扎的蜉蝣，也很好。

最后一站
新月之城——瑞士

相见时难别亦难

不愿你走，时间为我停留；

思绪如依依拂柳，荡漾我心头。

不愿你走，爱恨亦悠悠，情如梦镜般神游。

别离，往事依旧，别离，故人挥手，别离，夕阳映映，别离，落红亦悲愁。

相约黄昏后，心要走，人难留。挥泪饮苦酒，豪情溢觥筹，泪洗眼，何须问原由？

日内瓦

最美好，最美是相逢。

最不忍，不忍是别离。

世事无常，短暂的人生我们总是处于漫长的别离。

多少次，我们在背转身子的那一刻要拿出所有的勇气才能抑制住回头的冲动；多少次，我们在对方恋恋不舍的目光中要使尽全身的力气才能把脊背挺得笔直做出毫无留恋的样子；多少次，我们在一步步拉开彼此的距离时要在脑中回放那许多的滑稽过往才能让眼泪遗忘。

诗人告诉我们，生离比死别更加悲伤。

只是，不忍别离却又终究不得不别离。

一直到飞机落地日内瓦，我还没能从与大家的分别中缓过劲来，明明我才是先登上离去的巴士不回头的那个人，为什么做足了决绝的样子却依旧有如此多的牵肠挂肚。

日内瓦的街头真冷啊，好怀念岛上的阳光；日内瓦的天真阴沉啊，好怀念岛上的碧海蓝天；日内瓦的一切都好冷漠啊，好怀念一起欢笑的小伙伴。

我承认自己是带着情绪看待这座城市的，所以纵使它有千般美万般好也是不对。

就如一个人不喜欢你，纵使你千般呵护万般柔情也无法打动他；哪怕你掏心掏肺不留余地也无法感化他。原因很简单，无非先入为主。

喜欢一个人的时候他的眼睛是盲的、耳朵是聋的、心是麻木的，所谓一腔温柔都给了别人，是以哪怕你纡尊降贵把自己的尊严贬低到尘埃里去也难以住到他心里。

他的心真大啊，大得装得下另一个人的一颦一笑一怒一嗔，装得下对方每一个微小的喜好与习惯，装得下对方的过往现在还要谋划两个人的将来。

他的心又实在是小，小到一个进驻的缝隙都不给你留。满了，放不下了。

日内瓦就是在感情上被我抛弃了的地方，是以我连看待它的眼光都是诸般挑剔。

Helen 也是兴致缺缺，好在我们只是给这座城市留了漫步几小时的时间。

于我而言，身边有个会讲故事的同伴真是此次旅行的一大幸事，自己闹情绪不愿意多开口，那么便只用双耳来听。

我说要写一个故事，让她这个博览群书极有见地的革命同志帮忙起个唯美的名字，她当即思索起来，神色凝重无比，并且还是灵感来了挡都挡不住，于是诸如"那一缕黄"、"蓝是那么的天"、"喜洋洋"、"一口面包"、"爱到深处便是饿"之类高端大气上档次的名字便应运而生了。真正叫无语凝噎，这姑娘从上机之前就喊着饿，敢情现在想啥都带着食物的影子。

我笑骂：疯子。

她也不甘示弱，回敬：癫子。

于是日内瓦大街上，冷风嗖嗖的巨大湖泊之滨，我们这对来自外星球的疯癫组合

漫无目的地开始了长达几小时的游荡。

由于孤陋寡闻加之兴致欠佳，我对眼前宽阔辽远的大湖没什么太深的感触，只觉湖水碧绿清澈，是野鸭子和白天鹅的天下。

河边我俩分别与几株被我们戏称为狗尾巴草的芦苇合了影之后，视线就被前面栏杆上一排排队形齐整的海鸟吸引过去了。

你看它们一双双纤长的细腿儿挺得笔直、头颅高昂的样子像不像清高冷傲的绅士淑女？或许，它们微微侧着脖颈是在深情注视或者等待着什么我们无法窥探的美好。

这里的鸟跟西班牙的鸽子一样，是不怕人的，我们靠近端详了良久，或许是其中几只敏感的终于受不了我们过于好奇的视线，展开漂亮的翅膀飞到水面上去了，其他的依旧沉浸在自己的世界里，丝毫不被我们打扰。

相信能够让它们如此忘我的世界必定阳光明媚，没有心伤失意，没有寒风凛冽，没有疲惫，没有别离，没有惆怅。

由于打定了主意随便走走，我俩并没有刻意到著名景点去，只是穿街走巷，竟然就走到了花钟前面。

作为钟表之乡，这个国度把精湛的工艺与浪漫的人文情怀结合在一起，造了这座全世界独一无二的真正具有生命的时钟。

读大学的时候看过布拉德皮特主演的一部叫做《本杰明巴顿奇事》的电影，男主人公逆生长，人生轨迹与正常人完全相反。他在与众不同的倒转人生里与青梅竹马的女主人公有短暂的交集，分分合合，最终两人还是没能相守终老，结尾变成婴儿的男主人公在女主人公的怀里去世。

电影很感人，情节也奇妙，影片开始便是一部倒走的时钟。

这是一个奇妙的世界，虽然没有人能够真正返老还童，倒走的时钟不少，倒走的人生也未尝没有。

很多东西与日俱增的同时也有很多东西在倒着走：欲望增长了真诚变少了；收入增长了开心变少了；经历增长了感情变淡了；野心增长了善良变少了；情商增长了，勇气变少了；年岁增长了，亲人变少了。

人生是场不能回头的跋涉，所见所闻越多，行囊就越变越重，为了继续前行，我们不得不在中途抛下一些东西。

妈妈有四个女儿，我是她最偏爱的一个，姐姐们从来都不嫉妒，因为她们也一样爱护我。

只是在不断前行的过程中，不知不觉间，我抛弃了与她们相守的很多时光。

回家的次数由之前的一年两次减少到了现在的一年一次，有时候即便回了也是来去匆匆，纵使千般不舍万般不愿意，不得不承认，在送我离开的一刻她们也给了我抛下很多时光的借口。

我不清楚自己所抛弃的与得到的是否等值，或者成正比，只是已然如此，我就必须为了这份舍弃加倍努力。

成长就意味着不得不抛弃。

只是有些东西，细细数来，譬如真诚、譬如善良、譬如信任，私以为抛弃了还是得不偿失的。

巨大的彩色花种滴答滴答一刻也不停地往前走，我们被挟裹在时间的洪流中身不由己、踉踉跄跄地不断向前，有些疲惫、有些迷惘、有些力不从心，因此有些问题终究无暇深究。

纵然起风，我们依旧要努力地活下去。

所以，加油吧。

争取变成一个更好的自己。

哪怕只为不辜负，只为心安，只为所爱。

洛桑

被误会的指路人

　　洛桑是我们在瑞士游玩时的大本营，几乎每天我们都是早早起床直奔火车站，坐一两个小时的火车去其他城市游玩。

　　从日内瓦到洛桑的时候已经是晚上，我们订好的旅行社据说就在火车站附近，可是出了车站环顾四周，不辨南北的我俩为免走冤枉路，依旧是找人问路，于是便有了迄今为止一直让我耿耿于怀的问路经历。

　　那位大叔应该也是从车站出来的，我转身看到他时并没多想就去问了。

　　瑞士是个很特别的地方，一半是法语区　一半是德语区，加之还有当地人自己的语言，仗着英语闯天下的我们在这里看不懂文字也听不懂语言是很正常的事情。

　　所以当时用英语问完后，那个大叔嘟嘟囔囔说了些什么听不懂的语言，这完全在我们意料之中。问路的时候无法用语言交流的情况很多，不过多数情况下通过地图和文字双方还是可以沟通的，最起码他们知道地名可以给指个大体方向。

大叔五十多岁的样子，中年发福，腿脚不是很便利，走路一颠一颠的，表情严肃，眼神阴鸷，发现这些特征之后我不禁有些惴惴，关键他的奇怪之处也越来越明显了，嘟囔很明显只是自言自语，他并不与我们眼神接触，给我们指了个方向示意我们跟他走，却突然又自己返回车站口，站在那里一边沉思一边自言自语，那表现实在不像一个神志清醒的正常人。

我们很想赶紧躲开再找其他人求助，可是他却又回来了，照着之前的方向走了一段路，转头冲我们喊，再次示意我们跟上，我俩为他的威严震慑，竟真忐忑而又顺从地跟了上去。

过了马路，前面是个黑黢黢的桥洞。很晚了，这边的人并不是很多，已经跟大叔隔开很大一段距离的我俩害怕到了极致，所以在看到从桥洞另一边遛狗而来的夫妻时简直就像是抓住了救命稻草。

我俩赶紧停下来问路，那对夫妻很随和，英文也讲的很好。

在与他们交谈的时候前面的大叔停下了，冲我们大声喊叫，那声音听起来像是夹杂着愤怒，并且他还又往回走了一段路，看到在与别人讲话的我们并不理会，终究还是蹒跚离去。

其实旅馆就在桥洞后面，大叔带我们走的方向并没有错。

想起我们的不信任有些愧疚，也许他只是不善于表达善意，他突然返回车站口可

能只是为了再次确定带我们走的方向是对的，自言自语的嘟囔只是在算计方位和距离。

都说坏人脸上又没写字，但是不管怎样标榜一视同仁绝大多数人的第一反应都还是以貌取人。

至于大叔最后那声石破天惊的怒喊是不是因为被我们的以貌取人和怀疑不信任伤害了他的表现，答案无从知晓。

记得刚上高一的时候座位表的排列还是男女混合制，座位并非民主自选，班主任把座位表打印出来，学生按表移动即可。

作为同一年级最好的两个班级之一，我们班有很多"干部子弟"，也就是校领导的孩子。

我不知道是不是每个班都会有那么一个孤僻奇怪其貌不扬的女孩子，她学习优秀但不善表达，渴望友情但不敢争取，善良却懦弱，骄傲又自卑，反正我们班有。

那个女孩的名字我不记得了，却有深刻的印象觉得那是个很美的名字，当时乍然听到很是触动。

某次的座位表排出来之后我班某干部子弟当即跳脚，扔了书本课也不上跑到班主任办公室要求换座位，而且刻不容缓一会儿都不能将就。

对于一个正处在青春懵懂时期的少年，他不能忍受这样的一个女孩子与他咫尺之遥，哪怕在看到他生气的样子后她已经尽量把自己的头颅压得很低，身躯瑟缩到了最小，姿态放到了最卑微。

班主任排座位时的心情也很容易理解，干部子弟学习不好，给他排个有才情有耐

心的女孩子是为了帮助他，谁知道最后事情竟然变成这样，还大有一发不可收拾的地步。

最后干部子弟闹到了干部面前，班主任无奈，两节课后愣是对座位进行了调整，干部子弟的同桌由麻雀变美女，女孩的同桌则是另一个沉默寡言不苟言笑其貌不扬的男孩子。

结局算是皆大欢喜，并没多少人会去刻意注意女孩有没有变得比之前更加压抑自卑，没人注意她满满地写了好几页日记反省自己的"形象恶劣"，泪水晕染出大片大片的委屈与寂寞。

本就不是引人注目的女孩子，后来文理分科她搬着桌子跟着为数不多的一拨人去了文科班，之后我再没听到过关于她的消息。

当时我属于为数不多的几个可以跟这个女孩子说上话的人，换座事件发生的时候去安慰过她，她还给我看了其中的一小段日记，当真字字血泪，看得我都心酸不已。

青春期的少男少女正处于最敏感的时期，遑论美丑贫富都有极强的自尊心，我不知道任性的干部子弟对她的伤害是不是早已随着岁月的流逝淡去了，只是记得离开的时候她那孤单的身影和挂在脑后发黄的小辫子歪歪的一甩一甩的样子，看了让人难受。

现在回想起来，洛桑指路大叔一颠一颠的身影跟高中女同学落寞的样子竟然就此重合。

不管怎样，真的很想跟他说声抱歉，因为被误会、被无视、被偏见、被逃离的感受我曾亲眼目睹，虽不曾感同身受，至少我懂。

这是一个浮躁的社会，人与人之间虽然更加容易建立关系，但是信任度却低了很多，别人对我们抱有偏见和警惕也是人之常情，不管怎样，只要心存善念，相信总有一天有人能够看得到浮华背后实实在在的美。

大叔与女孩，愿你们天涯安好。

爱上一座城，并非因为某个人

得益于 Helen 强悍的人际关系，初到洛桑那晚便有人远远赶过来请我们喝浓浓的热巧克力，几天后还有人又当司机又当导游带我们四处参观。

洛桑这座城市有着非常悠久的历史，罗马时代就有人在这里居住，是瑞士的文化和人才中心，据说曾经诸如拜伦、狄更斯和伏尔泰这样的大文豪都曾来这里寻找灵感。

夜晚，Helen，Helen 的朋友 Gaétan 还有我在洛桑的大街上不紧不慢地走。

不知道灯光衬托的缘故还是什么，那晚的天幕看起来格外的黑，仿佛什么人浓得化不开的忧愁。

Gaétan 非常体贴，鉴于我总是安静地跟在有说有笑的两人后面，他时不时会回头跟我说上一句话，为免我被冷落。

对于如此照顾，我真心感谢，只是故意跟在他们后面倒完全不是出于某种情绪，只是因为习惯，习惯不插嘴，习惯没有存在感。

他们两人是很好的朋友，见面自然有说不完的话，我不曾参与过他们的过往，也就无法跟着一起缅怀。Gaétan 还讲述了很多跟瑞士相关的东西，对于这些我听着就好，并没有讨论的必要，是以就表现出了绝对安静的样子。

其实人多的时候沉默和安静是我的常态，是以很多时候全无存在感，即使有人对我印象深刻，也绝对会说那个女孩子很安静，总是一句话都不说，那委委屈屈的样子实在让人因为忽视了她而心生罪恶感。

每当这个时候我都会暗笑，因为不熟悉所以不了解，我的话痨和热情只展现在熟识的圈子和感兴趣的话题上，我的内心很强大，除了看小说看电影之外几乎与玻璃心沾不上边。

当然还有另外一个原因，我没有侵略性。很多人喜欢抢别人的东西，小时候抢零食抢玩具，长大了抢工作抢朋友甚至抢感情，这样的行为我完全不明白是出于什么心理。

友情是可以分享的，大大咧咧的 Helen 一直这样认为，她非常热衷于介绍她两个不熟识的朋友认识，几乎每次都是毫不吝啬地资源共享。

只是她的友情我很尊重，这么短暂的相见时光我实在不忍心打扰，也许他们很快就能再次相见，也许从此再不会重逢，在这份美好面前我只想做个守望者。

甚至，我在想，若是没有我，他俩可能会更加自在。

而我，带着眼睛看，带着耳朵听就已经足够。

比如她与小金，比如她与 Gaétan，比如她与小 z，实在难以想象若我神经大条，缠着她的朋友喋喋不休导致她被冷落一旁，那样善良的傻姑娘会如何伤心。

很深的友情也是具有占有欲的，起码我认为如此，那是专属于两个人的美好。

作为很好的朋友，作为见证了她那么多伤痛的很好的朋友，纵使有时候会恨铁不成钢，有时候会为她担心着急，但是不管怎样她的美好，我都想要站出来守护。

在圣母大教堂下面的小巷中，圆润精巧的石子路再次出现，可见这种风格的路面曾经风靡一时。

那么多的伟人曾经也如我这般在浓浓的夜色中走过这些宁静的石子路，这样一想，我便觉得幸运了。

有一种邂逅叫很多年后，我走上你曾走过的路，踏上你曾跨过的桥，这便是幸运。

虽然已经见过不少欧洲教堂，但是攀着陡峭的台阶一层层往上的时候还是不禁慨叹，对于那些寿命悠长的事物来说，岁月真是最美好的雕刻师，只有在它们身上才能刻画出沉淀渗透已久的优雅和见证历史演绎的处变不惊。

教堂美、夜色美、心情美，于是就那样轻易地爱上了陌生的城。

有一种想念叫刻骨铭心

教堂附近就是 Gaétan 所在的大学，下来的路上途径一个异常热闹的小酒吧，他说里面一定有他的同学。

小小的地方，里里外外都挤满了人，可以算是我们一路上看到的人最多的地方，看着那拥挤的景象我竟然觉得分外亲切。

瑞士给我最深刻的印象除了美和贵之外，还有人少，那样的景象对于习惯了中国大城市的拥挤的我们来说实在有些太过安静了。

我开始想念热闹。

虽说一路走来颇有种乐不思蜀的感觉，但眼看归途在即，还是对回归有了期待。

我不知道是不是每个远行的旅人都会有这样的心路历程，只是我的切身体会便是期待、疲惫、想念安逸的生活、习惯旅程、融入旅程、享受旅程、开始想念之前迫不及待想要离开的地方、归心似箭。

我并不是典型的恋家姑娘，这么多年只身在外已经完全习惯，只是现在才明白，"恋家"这种情绪是随着离家的距离而增加的，之前只是离乡，再远也有念想，是以不觉得什么，等到如今身处异国他乡才明白，脱离故土太远或者太久都会有这种深深的恋家的感觉。

外面的世界再美，终究他乡非故国。

离开了生我养我的故土，就是无根的野草、飘零的浮萍。

那一刻，看着那些年轻欢笑的学生们，恍然间有种从未有过的情绪从心底蔓延，而且瞬间膨胀酸涩到无法压制，我想我终于明白了长年旅居国外不得回归故土的那些人深沉的想念，想念到即使看到家乡的一抔土、一粒枣都能落泪的地步，那样刻骨铭心的思恋啊。

恋家还有另外一个名字便是乡愁吧。

无法复制的风景

　　离开热闹的小酒吧，再顺着台阶往下走我们眼前出现了一个漂亮的小广场，广场边上是座灯火辉煌的图书馆，图书馆前的台阶上年轻的学生们有独自埋头啃书的、有聚在一起谈笑风生的、也有三五成群喝酒玩耍的，不管干什么，他们都能让我感受到一种令人羡慕的惬意。

　　我读书的时候，课后不是在寂寂无声的图书馆里消磨时光就是在寝室看电影，唯一的娱乐活动也就是从学校回寝室的路上多在学生们摆的路边摊前流连一会儿或者去超市逛逛。

　　也许曾经的我太过墨守成规，所以错过了那么多的浪漫，所以现在看着他们才深感艳羡。

　　很多时候回想过去总会觉得遗憾，比如之前每个阶段的毕业考试结束之后我总觉

得若是重新来一次结果定会比现在好很多，比如每次走了弯路之后都会想若是之前没那么冲动或者有个前辈可以帮忙指导一下人生会顺遂很多，比如看到某个活得顺风顺水的朋友总是想着如果我是他该多好啊。

生活总会有这样那样的遗憾，回忆的时候总觉过去不够完美，总奢望着若是可以重来那便如何如何，只是时光从不肯为谁停留或者倒转。

完满也罢遗憾也好，那些过去就那样永远都成为过去了，生活没有彩排，已经造就的结局不可更改，我们能做的唯有为了明天的少后悔而更加努力地珍惜和度过今天。

同样，一味地羡慕别人、自怜自艾也没有任何意义。

看到别人穿的衣服漂亮，可以效仿；听说别人吃的蛋糕好吃，可以买一样的；觉得别人的发型好看，可以剪成相似的，只是人生这东西，永远都只能学习，无法复制，因为你终究不是他。

同样的时间与空间里，你们永远不能够成为彼此，充其量不过是彼此见证过的过客。

所以此刻你可以尽情羡慕，待会儿就请收敛心情去筹谋更加优秀的自己。

大千世界，你也能成为别人艳羡但是无法复制的风景。

最暖心的晚餐

那是我们到达瑞士的前三天里正式吃的第一顿饭，也是在瑞士吃过的最为好吃的一餐。

尽管之前在中国时，Helen 已经震惊过这个少年很多次了，在听说我们前两天一直都靠在马略卡买的面包过活这个事实时，Gaétan 还是露出了惊吓的表情。

他语气上调，下意识地把听到的事实又重复了一遍，只是换成了疑问语气。

在他看来我俩是那样神奇的存在，我敢相信我和 Helen 的勇敢事迹一定再一次刷新了 Gaétan 对中国人的认识。

虽然身在富庶的国家，生活水平不知道比我们高了多少个档次，对于瑞士当地的普通人来说，本国的消费水平之高他们依旧深有体会。不过那天晚上 Gaétan 还是慷慨解囊请我们吃了很昂贵很好吃的瑞士特色菜。

可能是一路上我表现得太过"羞涩"太过"乡土"，好心的瑞士少年在用餐之前准备详细地教我应该用哪知手握刀哪只手握叉。

对于这样友好的指导其实我应该虚心接受的，奈何他认真的样子实在太逗，我一高兴，说话没经大脑便暴露了，其实这个我很在行的想法，然后大家都笑了。

三个人的盘子在小小的桌子上摆成三角形，我们全然不顾别人的眼神大大方方地互相分享，甚至 Gaétan 还让我尝试了他杯中的伏特加，味道虽已不记得，感动却一直留到现在。

Gaétan 年纪并不大，只是家庭原因他打小便受到了很好的教育，说话做事都很会顾及别人的感受。一顿饭我们足足吃了一个多小时，宾主尽欢。

看他谈笑风声八面玲珑的样子，实在不像那种会在马路上开飞碟的人。

后来 Helen 告诉我 Gaétan 觉得他车开得已经相当稳当了。

他真正的飞车事迹还在下文。

莱芒湖边的飞车少年

　　莱芒湖其实还有另一个更加广为人知的称呼——日内瓦湖。它是阿尔卑斯湖群中最大的一个，由消融的罗纳冰川汇聚而成，湖身为弓形，凹处朝南，仿若新月，占地面积极广，同时为两个国家所有，一边属于法国一边属于瑞士。

　　我们在湖边赏玩时发现湖上行驶的一艘船上挂着两面国旗，帅气的一日导游Gaétan解释说因为船只现在在瑞士境内，所以船前挂着大大的瑞士国旗后面挂着小小的法国国旗，反之则前后颠倒，看上去很是有趣。

　　当时我们所处的地方是莱芒湖北边一家极有情调的露天咖啡馆，店内播放着轻柔的音乐，透过透明的玻璃围栏可以看到成片成片的葡萄梯田、湖对面连绵的阿尔卑斯山脉以及山顶上莹白的积雪。

在这个国家总是觉得云层漂得很低，仿佛只要稍微努力便触手可及，当然，那种景象一般都只出现在目光所及最远之处。

之前听姐姐说她们小时候爬到山顶上摸过月亮，鉴于当时我太小不能参与，现在每每想到都痛悔不已。

有些事情还真要在该做的年龄做，若是错过了以后即使再有当时的热情也绝对不会有同样的感受和心境。

若是事先并不知道那一片蔚蓝莹润是一个湖，我一定会觉得它是一片海。

放眼望去，烟波浩淼在南端被雪山挡住了，西边却与天际浑然融为一体，拼接完美得仿佛鸿蒙初期盘古开天辟地时遗落了的一个角落。

细细察看，便能看到水上波光粼粼，巨大的船只行走其上也不过一尾惊扰了它安宁的小鱼。

很多事物都是小的可爱，比如小孩和小兔子，白嫩嫩或者毛茸茸的一只，抱在怀里或者护在手心，真感觉整颗心都要融化了，不过大也有大的美，那种气吞山河包罗万象的广博，那种无边无际浩瀚无涯的壮美，那种沧海横流遮天蔽日的霸气，只有它们才能有。

莱芒湖就是这样，虽不如天广地博，却也称得上大而美了。

那一片深深深深的蓝，让人望之则胸臆舒坦安宁。

是的，它是上帝赐给人间的一轮新月，不与日争辉，只为予人心安。

亨利·詹姆斯称它是"出奇的蓝色的湖"；拜伦把它比喻成一面晶莹的镜子，"有着沉思所需的养料和空气"；巴尔扎克则把它说成是"爱情的同义词"。

莱芒湖，来了，看了，醉了，深思了，爱上了，忘不了了。

我们到湖边赏玩当天天气依旧不是很好，乌沉沉的云像是密集的网笼罩了整个天际，不过也正是得益于这样的天气我们才能够看到如此美丽的一幕——

举目，仰望西方，细碎的阳光从乌云编织的巨网中稀稀落落地洒在莱芒湖的水面上，透过云层落日隐约可见，那些以它为中心辐射出来的光芒仿佛也因此有了形质，相应的湖面上光华灿烂。

对于这一幕我只能想到一个词语来形容：圣洁。

这是一场盛大的神迹，就像突然开启了通往某个未知世界的大门，如果当真如此，我宁愿相信那扇大门是通往幸福的，我们作为这场神迹的见证者，当然也可以抓住一星半点的幸福的金鬃毛，就此长乐未央。

Gaétan 是个非常敬业的导游，带我们全方位多角度地欣赏了这弯上帝赐予人类的新月。

拉沃葡萄梯田中一条蛇形小道弯弯曲曲地一直延伸到湖边，Gaétan 说之前有酒后寻求刺激的年轻人沿着那条路飞到湖里去了。

于是上车之后我就一阵恶寒，按照他现在这个速度从马路上飞出去，冲力和惯性差不多也可以把我们直接带到湖里去。

这个帅哥明明看上去温文尔雅，结果愣是让我真真切切地体会了一把什么叫做把车子当飞碟开，环山小路上每次急转弯的时候我甚至都能够听到车胎与地面之间急速的摩擦声，不觉抓紧身上的安全带，要不要这么刺激啊，亏得我胆子大。

不过不得不承认，很多事情若是被冠上体验之名就好接受多了，多数时候我总是抱着一个旁观者的角度来看待发生在自己身上的事情，这样好事情不至于太开心，坏事情也不会太失望，比如当时适应了片刻之后我就觉得能有这样的经历实在难得。

绕了莱芒湖大半圈，下到葡萄园亲手摸了摸青色的小葡萄之后飞车少年 Gaétan 又把我们带到了莱芒湖边的一个小村庄。

小村庄就在葡萄园上方。

若是此刻我们身处莱芒湖的南边，一定可以看到一座坐落在湖边的绿色大山。

山脚被染绿是因为成片的葡萄梯田，山上的绿色则是居民房屋周围环绕的树木，而我们先前飞驰而过的道路是挂在半山腰将此绿色与彼绿色区分开来的一条曲曲折折的灰色玉带。

从小村庄向山上望去，可以看到绿色掩映中各色各样漂亮的小房子。Gaétan 家就住在这座大山的顶端，最上面算是这一片住宅中的富人区，得知这个信息之后我只能用三个字来形容他：真幸福。

骄傲这东西

作为本土人士，飞车少年字里行间绝对洋溢着对家乡的自豪。

在这里之所以不称莱芒湖为另一个更为人熟知的名字也是因为他，在他们眼中，日内瓦这座城市有着太多的添加成分，生活气息早已不再纯粹。

对于大家都把他清晨起床就可以看到的湖称为日内瓦湖 Gaétan 颇不以为然，他住在法语区，口中只有 Lac Léman。

有人可能会说，好歹日内瓦是瑞士的，Lac Léman 却是法国人对这个湖的称呼，两相比较也没高尚到哪里去吧。

不一样的。据 Gaétan 说，瑞士之所以会分为法语区和德语区最早是为了贸易方便。对于一些原住居民来说，纵使背山面水、物产丰饶没办法贸易也就无法保证经济的发展，审时度势通过学习毗邻大国的语言来充实内部经济还能保持国土独立，他们的智慧绝对值得称道。

其实 Gaétan 的自豪感跟传言中上海人和北京人的骄傲有着异曲同工之妙。这两个城市的原住居民纵使基本都会讲很标准的普通话，只要谈起故土字里行间便不免会带着些家乡的味道。

其实不光他们，任何一个地方的本土人士站在生他养他的那片土地上时都会自觉不自觉地带上些许当地人的优越感，或者也可以说是一种底气、一种骄傲。

骄傲这东西体现在这一点上是很微妙的，即使你努力压制也会不慎流露，因为它早已存在于你的骨血中，渗透到你的一言一行中。

所以真正骄傲的人是不需要伪装的，那是一种气势，甚至是一种浑然天成的气质。

我尊重 Gaétan 对自己故土的骄傲，也尊重他对这个湖的称呼。

Lac Léman，很美的发音，很美的名字。

卧听风雨，醉看日月

跟拉沃葡萄园、莱芒湖同样为人称道的还有离这两大景点不远的西庸城堡（Château de Chillon）。

它就坐落在莱芒湖边，甚至可以说年深日久，早就已成为莱芒湖的一部分。

这是一座由于年龄太大便没了确切起源的古堡，就像一位活了很久忘了自己年岁的老人。

光阴变换，时势变迁，只有她卧听风雨，醉看日月，亘古不变。

某个细雨的黎明或者寒凉的日暮，她也许也会追忆流逝的时光，只是那些过于鲜艳的过往或许她依旧能够娓娓道来，至于其他则早已湮灭在了岁月的柔光里。

毫无疑问，这位老人是令人倾倒的，蔚蓝广博的莱芒湖是她用来梳妆的镜子，变换的四季是她精美的衣裙，红花绿草是她点缀容颜的粉黛。

看哪！纵使老了，她依旧是风情烈烈的，脊背挺得优雅笔直，红色的长发在苍穹下肆意飘舞，连倒映在水中的影子都透着股子睥睨天下的态势。

由于曾在历史上扮演过要塞和囚牢的角色便又使得她的美带了绝对的阳刚之气，就如三军阵前英武无双的伊丽莎白一世，就如力挽狂澜铮铮铁骨的圣女贞德，就如立誓破城收复失地的伊莎贝尔女王。

如果曾在她们脚下痴情仰望，那么你便知道有一种风情叫永不褪色。

我们到的时候已经是日落时分，散落的光线于天边汇聚，透过树木弯曲的枝干和舞动的叶子，只见西方山巅之旁一片霞光灿烂。

顺着窄窄的台阶往下，站在城堡底端，伸手触摸冰凉的石壁，总觉得自己的手指像是透过薄薄的时光触摸到了遥远的过去。

离城堡不远是一处延伸到湖中的礁石，Gaétan 攀上爬下不顾安危为我们拍照，有这样的朋友真让人觉得幸福。

同时在这座遗世独立的古堡旁边我还见证了另一场幸福，那是专属于 Helen 的。Gaétan 为她准备了礼物。

天光渐暗，湖水拍打着长而嶙峋的礁石，水面波光潋滟，有的地方变得嫣红有的地方染了浅碧。

礁石上 Helen 和 Gaétan 并肩坐着，两人脸上都带着笑容，他正在亲手为她戴上精心准备的礼物。

在这美丽的暮色中他在自己的故土温暖她，就像曾经她在上海温暖身处异国他乡的他一样。

有时候真觉人生就是一场又一场的轮回，付出，回报，失去，收获，寻找，邂逅。

那一刻，我是路人。

家乡是别人的，美好是别人的，只有至深的感动是我的。

那一刻，我也是个幸福的路人。

我想，除了发现美，眼睛还有另一个用途——见证美。

伯尔尼

你是披着雾霭的少女，秋日黄色的落叶是你玲珑耳垂上的精致装饰，高矮错落的房屋是你活泼灵动的身姿，典雅的尖顶教堂于整点敲出的钟声是你虔诚心脏的跳动。那一刻，我于玫瑰园俯身轻嗅，脑海中兀自留恋你水绿的裙裾和五彩斑斓的眸，萦绕鼻尖的是终将与你相遇的，宿命的芬芳。

一步一生莲

有着火焰般颜色的红鬃烈马兴奋地嘶鸣，四只有力的蹄子在石板路上踏出清脆的咔嗒声，提醒主人赶快出发。

他说今日我猎取的第一只野兽的名字将成为这座城市的名。

后来踌躇满志、意气风发、风华无两的扎灵根公爵猎到了一头凶猛的熊，从此这座安宁静谧的城市便有了个阳刚气十足的名字——熊城。

熊城，即伯尔尼，瑞士首都，爱因斯坦相对论和万维网的诞生地，令很多名人高士流连忘返的地方，平和的中立国中最为静谧安详的存在。

Have a happy day（愿享受快乐的一天），刚出车站迎面就见几个穿着白衣的志愿者举着挂了彩色气球的标语，笑容不觉就爬上了唇角。不知这句最简单的标语打动了多少来去匆匆的旅人，慰借了他们疲惫压抑的心神。

又走了几步，赫然看到上书如下字迹的白色牌子：Today we want to be the change you want to see, do you?（今天我们想为您希望看到的改变而改变）

某公司或者组织的广告语也好，这座城市专门为旅客准备的心灵鸡汤也罢，还没见其真容，我就已经成了这座城市的俘虏。

攻心为上，貌似这个他们实在在行。

城市并不大，以阿勒河为界，西岸为老城，东岸为新城。

我们从东一路往西走，穿过上空布满缆线的大街，穿过带着尖顶绘有时钟的漂亮建筑，邂逅一座又一座熊与鲜花的雕塑，还在某个商场的入口处碰上一个着性感金色长裙，华丽的银色外衣慵懒地挂在双肩，头戴两朵鲜花正对着麦克风忘情歌唱的非洲女郎，当然，只是雕塑。

建筑物渐渐由新变旧，风格由时尚变古朴，不长的街道，处处不算景却又绝对处处都是景。

　　身处横跨阿勒河的大桥，我俩俯在围栏上观望，前方山坡上林草丰茂，草地上依旧是怡然自得的牛羊，极高处茂密的绿色掩映下红顶白墙与山下密集的红色建筑相映成趣。

　　我们所在的高度几乎与桥下河边那些高楼的屋顶齐平。它们都不再年轻，每一座都很明显地带着岁月的痕迹，掉落的红瓦，斑驳的墙壁，灰色的烟囱，纵使如此依然散发着令人迷醉的气息，这是一种古旧残破的美。那种感觉就像是梦里回到家乡的老房子，轻轻抚过落满尘埃的门窗板凳，恍惚间便是曾与小伙伴打闹过、玩过捉迷藏过家家的后院。

　　枯荣的是草木，沧桑的是砖瓦，沉淀的是岁月，只有那些欢乐沉重的记忆历久弥新，不管过去多少年总会在午夜梦回时分清晰地呈现眼前，多想沧海逆流，时光倒转，只是伸手却抓不住，只余心底钝钝的痛，以及不可遏制的想念。

　　这是一座跨越了前世今生的城市，隔着一条河，过往在西新生在东，太阳东升西落，旅人来来去去，只有它们永恒地住在彼此触手可及的地方，带着圆满的美好。

　　这世界自古以来弱肉强食便是金科玉律。熊这种存在向来高高在上地站在食物链顶端，甚至连作为万物之灵的人类势单力薄的时候都只能在它们面前瑟瑟发抖。

　　只是突然有一天，这个令人闻而生畏的名称不知怎么就变成了一口乡下腔、贪吃无脑的熊二以及也聪明不到哪儿去的熊大，从此熊之风在中国小孩口中长期风靡，到现在依然是风头正劲。

　　虽只在动物园里远远见过，实在欣赏不了喜羊羊和熊出没的我仍旧对这种生物怀有一颗敬畏之心。

那是力量与征服的象征。

只是去过熊园之后，这种心情就怎么都凝聚不起来了。看那些蜷起四肢婴儿般仰卧的、趴伏在地上昏昏欲睡的，还有人立而起眼神纯真迷蒙的，在高高的空中姿态翻跹的熊的雕塑，只能用一个字来形容——萌。

正如这座熊之城一样，丝毫不见凌厉冷冽，只觉安宁静谧，俨然一个美貌少女，所过之处步步生莲，美不胜收。

即使熊园里果真养了真熊，远远望去，也是懒洋洋软绵绵的样子，绝对不会让人心生恐惧。

惧由心生，这是一座有安抚魔力的城，没有战争、没有暴力、没有血腥、没有争执，它的安宁美好就这样落在旅人心底最柔软的角落。

不管你曾经历了什么，也不管即将经历什么，请在心底为自己建立一座熊城，把它一分为二，一边承载悄然流逝的过往，一边描绘呼啸而至的明天。

在心底建一座熊城，建一座专属自己的美好和退守。

那里永远天高云淡，永远红砖碧瓦。

那里没有悲伤，没有落寞，没有失意，没有勾心斗角尔虞我诈，也没有会让你伤心落泪的他或者她。

从熊园离开，我们眼前再次出现一片落叶满地的林荫道，仿若时光骤然倒流，回到了马德里的丽池公园。

为不辜负这浪漫，我和 Helen 手拉手缓缓走过。她身上总有说不完的浪漫传奇，我心底总有写不尽的海角天涯。

一路走过，我俩谁都没有讲话，金黄的落叶在我们脚下发出细碎的断裂声，

她在笑，我也在笑。临近尽头，找了个椅子坐下。

看着眼前满眼清翠，她说，我再给你讲个故事吧。

我说，好，待会儿再跟你说下我的新灵感吧。

当时我俩都觉得两人在一起做的浪漫事太多，很容易变成拉拉。

又聊起这茬，我说，你桃花朵朵盛开了一路，我这么缺乏安全感，怎么可能呢。

她笑，都算不得爱情。

是啊，惊鸿一瞥算不得爱情，最多只能算心动。要下多大的决心，付出多少努力才能将心动变成爱情，这个没法计算。

对一朵花，一株草，甚至一块破碎的屋瓦你都能够心动，但是这些都不是爱情。

我对走过的每一座城市甚至见过的每一个画面都心动过，只是没有什么能够让我抛下所有毅然守候在它身旁。

浪漫也不是爱情。浪漫的事情可以跟很多人一起做，就如我和 Helen 手牵手走过这段美丽的林荫道，若是在这里她牵着别人的手走过把我丢在路边不管，也许我会委屈会嫉妒甚至会生气，但是不会绝望，不会感到心痛欲死。

那么到底什么是爱情呢?

我可以在其他很多方面感到骄傲，独独是感情上的失败者，所以抱歉，我能够否定诸多错误答案，却实在无法告诉大家确切的正确答案到底是什么。

有人说爱情是轰轰烈烈、有人说爱情是柴米油盐；有人说爱情是打打闹闹争争吵吵，有人说爱情是举案齐眉相敬如宾；有人说爱情是一生一世一双人，携手到白头；有人说爱情是他幸福就好，哪怕要我做路人。

如果亲爱的你，曾经遇到过或者未来的某天邂逅了爱情的样子，请一定不要忘记与我分享。

爆炸头少年树

我见过的树中最为阳刚的是杨，最为多情的是樱，最为温柔的是柳。

柳树多种植在水边，远远望去，它们身影袅娜，长发飘飘，柔情似水，那风姿堪称绝世。

伯尔尼不仅是熊城，还是花城。路人告诉我们山上有玫瑰园，可以去看看，正是在进入玫瑰园之前我们看到了一种很特别的树。

这种树跟柳树有点相似——都有自己的发型。

只是他们又绝对与柳树沾不上边，若是把柔软无骨的柳条比作少女飘逸柔顺的长发，估计这树的姿态绝对是一个顶着爆炸头的非主流少年。

它们虽然也高，枝干却并不是很粗壮，从很低的位置就开始长枝条，而且那枝条歪歪扭扭，伸展的方向极其不规则，是以第一眼见到它们我就做了那样的比喻。

他们有一点点小随性，有一点点小自恋，还有一点点小傲娇，他们从不按常理出牌，个性嚣张，处在青春最明媚的时期，一举手一投足之间俱是不可一世的飞扬，只是内心却是纯净温柔的，心底深处是最为执着的守护。

由于是秋的缘故，树顶发黄的叶子不再安分，落的周围的草坪和马路上到处都是，不知道那个发型暴躁的少年看到会作何感想。

我不知道自己这种自娱自乐、无知却依旧欢乐的性格到底传承自谁，反正就是因为这种无厘头的比喻和自我想象而尤其钟爱这种树。

到底姓甚名谁我不关心，它们只是我心中飞扬跋扈的爆炸头少年树。

爆炸头少年们守护着的便是里面的玫瑰园，那些色彩斑斓的，姹紫嫣红的，姣妍美丽的，品种多样的小姑娘。

花是特别的存在，它们绝对深受造物主的宠爱，所以才敢漂亮得如此不遗余力。

不同的花有着不同的骄傲，如牡丹的富贵，寒梅的孤傲，芙蕖的高洁，那么玫瑰呢？

它们是对爱的向往，对美的执着，是最浓烈的情感、最温柔的伤。

传说阿佛洛狄忒诞生的时候，上天同时创造了玫瑰，不过美丽的玫瑰只有纯洁的白色，而玫瑰枝上之所以会长有尖刺，是由于众女神对爱神天生美貌的嫉妒。

　　阿佛洛狄忒曾经爱上了人间的一位猎人阿多尼斯，他是个完美的男人，英俊而勇敢。阿多尼斯酷爱打猎，即使阿佛洛狄忒如何劝阻，阿多尼斯仍然不肯放弃。

　　终于，悲剧出现了，阿多尼斯在一次狩猎时被猎物撞成重伤。阿佛洛狄忒得知后心急如焚，不顾一切狂奔过去救他，山谷里到处长满了带刺的玫瑰，尖刺划破了阿佛洛狄忒的腿和脚，鲜血滴落在洁白的花丛里，染上阿佛洛狄忒鲜血的玫瑰从此以后便开出了红色的花朵。

　　最终，阿多尼斯死了，阿佛洛狄忒悲痛欲绝，据说她的哭声，被人们编作哀婉动听的《阿多尼斯挽歌》代代传唱。可叹完美的爱神却有着不完美的爱情。

　　直到今天，人们在表达爱情的时候，总是会选择玫瑰，因为人们希望阿佛洛狄忒在看到玫瑰的时候，会想起自己与情人曾经追求的幸福，从而福佑俗世的爱情。

说给树洞的秘密

是否曾经有那么一刻，欢歌笑语热闹非凡，而你却宁愿蜷缩在阴暗的角落，只因不愿别人看到你脸上落寞的痕迹？

是否曾经有那么一刻，父慈子孝儿女尽欢，惊醒却只是琉璃梦碎，你人在家门前，却没勇气推开近在咫尺的门扉？

是否曾经有那么一刻，情绪翻腾张口欲言，却无法出声，只能摇头苦笑，不能说、不值得、没必要？

人生不如意事常八九，可与人言无二三。

感情的消弭，婚姻的破裂，与父母的隔阂，懵懂的初恋，艰涩的生活，如此多的是是非非，在关心我们的人面前不忍开口，在陌生人面前无法吐露，便只能留在胸口，吐不出咽不下。

电影《花样年华》的结尾，周慕云把自己隐藏多年的秘密埋藏在吴哥寺小小的树洞里，他的悄悄话说得那样深情又眷恋，宛如割舍去了生命某个至关重要的部分。

最后周幕云肩上甩了西装，走得潇洒又落拓。

只是音乐哀婉缠绵，代他守护秘密的吴哥寺一派沧桑。

那是寺，也是人。

小心守护了那么多年的秘密可不是早就融在了骨血里，那是他用经年已久刻骨的相思包裹出的珍珠，是以有多痛就有多不忍。

有些时候我们情愿揣着苦痛流血而死，只是，伤心不会死人，它只会让人生不如死。

不丢弃，不成活。

我总觉得树身上的洞其实是树心上的伤，之所以剖开来露在外面不过因于一棵树而言，心伤则身死，身伤尚可活。于一个人而言，心伤不会死，所以多选择隐藏。只是这伤实实在在烙在心上，若自欺欺人地不让外化，就只得由着它们在人所不知的地方悄然滋长蔓延。

心伤是毒，日久必成殇，是以终究
还是得想办法宣泄。

那就如周慕云一般找棵同病相怜的
树，驻足，把心底的伤痛与秘密说与彼
此分享珍藏。你的心痛长到它身上，天
长日久化作年轮，它的伤口落在你心里，
日久天长成珠成蚌。

那些消逝了的岁月，仿佛隔着一块
积着灰尘的玻璃，看得到，抓不着。他
一直在怀念着过去的一切，如果他能冲
破那块积着灰尘的玻璃，他会走回到早
已消逝的岁月。(《花样年华》片尾字幕)

努力了那么多年，他终究还是冲不
破吧。

马德里丽池公园还有伯尔尼玫瑰园
下的林荫道都留下了 Helen 的秘密。

偶遇那么多个树洞，埋藏了那么多次，喊得那么用心，那些不值得留恋的感情也
都不见了吧。所以归国后她在过生日时送自己的大礼便是挥刀斩情思。

给自己个理由，有些东西说断当真就断了，哪怕它是生命的一部分。

还有我，尘封的苦痛也安然了吧。

树洞啊树洞，你们的伤口化成年轮了吗？

离开伯尔尼的时候发现了早上漏掉的一块白色标牌：

How many smiles have you seen today?（今天你看到了多少笑容）

很多很多。

我笑着对自己这样说。

少女峰

传说天使来到凡间，在一座美丽的山谷里居住下来，她为山谷铺上了无尽的鲜花和森林，镶嵌了银光闪烁的珠链，还为它许愿说："从现在起，人们都会来亲近你、赞美你，并爱上你。"

——因特拉肯少女峰（Jungfrau）

我的家乡是个四面环山的地方，山下有条小河。

小时候爬山摘野果下河摸小鱼，没少跟着小伙伴们调皮。后来随着一次次搬迁，离得大山越来越远，喜欢做的事情却越来越偏向安静，直到今天我所在的城市水倒不少，只是最高的地方也不过一个一百多米的小山包，真正意义上的山完全看不到。

山沉稳水灵秀，照理说离山远了水近了整个人应该越来越灵动才是，可是恰好相反，一个同学说我给他的第一印象是安静，第二印象是安静，第三印象还是安静。

也许是因为我心里一直住着一座沉静内敛的山吧。

对山的喜爱是与生俱来没有因由的，而且这种喜爱更甚于水。

由于在莱芒湖边的惊鸿一瞥，对隐于重云后方犹抱琵琶半遮面的阿尔卑斯山便甚为期待。

瑞士的第四站，我们去了因特拉肯，为的便是去看凌驾于这座小城之上名列阿尔卑斯山最高峰的少女峰。

至于为何这座海拔 4158 米的雄峰会有如此柔婉的名字，据说第一个原因是因为山上经常云遮雾罩，正如我在莱芒湖边远远所见，有着如此袅娜羞赧的姿态，可不像极了一位身着白裳的绝色少女；第二则又是一个相望不能相守的悲伤故事，据传旁边的艾格峰为这位美丽的少女倾倒，但中间的僧侣峰一直阻挡他们见面。

不巧的是那天天气并不好，淅淅沥沥下着小雨，打算上山的人好多都是雪地靴羽绒服帽子围巾，相比而言我和 Helen 绝对算是轻装上阵。

买好票抬头仰望，美丽的少女今天看来是要把羞涩进行到底了，只是高山巍巍，纵使云雾缭绕也依然美不胜收。

绿底黄皮的火车带着我们沿着山谷一路上行。

许是受了雨水滋润的缘故，透过大片的车窗只觉外面山坡上的草地格外翠绿。小小的房子一幢不挨着一幢，零星散落在绿色的草地上，都是很规整的几何结构，侧面望去下面长方形房顶三角形，或青色或暗红，上面再立一个小巧的烟囱，门前或者门后种几棵树木，也许阳春三月还会花朵飘香，多美。

这样的小房子图片之前用作过电脑屏保，而今真正出现在眼前，不禁有种美梦成真的感觉，并且随着火车越行越高，上面成片的或者单独的小房子已经有一半笼罩在氤氲的雾气中，远远望去美轮美奂，绝对的世外桃源之景。

住在这样的小屋子里该有多幸福，清晨伴着甜美的鸟叫声睁眼，推开窗前薄纱，窗户一开清新的山风迎面吹来，带着浓浓的青草香和雪山少女清新凉爽的气息，瞬间早起的迷蒙散去，裹紧身上宽大的衣服，眼前朦朦胧胧，如梦似幻，起雾了，也许待会儿便会有彩虹了。

沿途小房子不少，有的地方密集有的则零散，据说是很多小村落。不管看多少次，这些漂亮的小屋子总也看不厌。

建在山上的小房子中国也有，是我亲眼所见，远远望去，石头小路蜿蜒向上最终与暗色调的小房子相接，院子是土黄色的，外围有时候会用不规则的木柴围一圈篱笆，又或者是石头垒砌的围墙。

总觉得那些密密匝匝、高高低低的小院落朴素得一心想要融入山中似的。走近了还能听到谁家凶猛的大黄狗狂吠的声音。这是中国北部的农村，最艰苦最朴素的地方，

村民们过着面朝黄土背朝天的生活，全无浪漫可言。

　　它们都有一样的名字——山间小村，只是却是天差地别。胸中有些酸楚，不由得感慨万千。

　　雨下得大了，车窗外密密的雨丝斜斜地划过，前路变得越来越陡，进入林区，只觉前面弯弯曲曲的路像是从高山中劈裂出来的，山上郁郁葱葱，林木茂密，细雨汇聚成溪流潺潺而下。

　　再往上路途趋于平缓，雨已经变成了雪，外面荒草万里，一点点由枯黄变灰白，远方已经只剩下模糊的影子了。

　　应该是天气的缘故，车厢里人很少，我和 Helen 东边走走，西边看看，像是瞬间穿越了空间时间与季节，自然神奇如斯，片刻都不想错过。

　　最后火车在一片白雪皑皑中驶入长长的隧道，于黑暗中奋力向上攀爬，车内视频上开始用各种语言介绍少女峰，听到中文的时候顿觉亲切无比。

　　这段隧道开凿在花岗岩中，很陡，历时十四年才完成。

　　天地造物虽钟灵毓秀，让人叹为观止，但毕竟茕茕巍峨飞鸟难渡，只可远观不能亵玩，非人力不可达，正是有了这样开山凿石的巨匠工程才使得我们今天能够一饱眼福。

　　等到最后真正到达欧洲之巅，游走在名为阿尔卑斯震撼的环形长廊中看着那些开山伐石的图片时我们才更加明白人类的力量当真可畏可叹，竟能做到这种地步。

从巴塞罗那的哥特区走过你会震惊于人类想象力的丰美，俯瞰沐浴在夕辉中波光粼粼的莱蒙湖时你会惊艳于造物主的神奇，而此刻，坐在漂亮的火车内感受身体 25 度倾斜时你只能折服于人力的伟大。

当时毁于一旦的巴别塔会不会就是因为让神看到了如此足以开天劈地的力量才让他决心制造混乱，亲手制造了一个纷杂的乱世？

若是平凡的人力汇聚一处，诸神都要害怕颤栗。

终点下车，暗淡的光线中灰垩色的岩石切口清晰可见，我们跟随其他游客进入景点。

之前看介绍说山巅有隧道通往户外，可以远眺欧洲最长的阿莱奇冰川，我们趴到大厅玻璃上望了一眼，痛悟：还是先去看冰雕的好。

长长的隧道里面是个神奇的童话世界，巨大的水晶球流光溢彩，穿着工兵装的人物雕塑高高地举着铲子憨憨地笑，还有坐在木质长椅上的白胡子老爷爷惬意地把双手搭在椅背上，目光专注地看着什么，周遭的墙壁上均是色泽明亮的彩绘，墙壁各处缀满金色的星星。

水晶球前跟它合个影，相信在离天如此近、繁星如此多的地方许几个愿望一定会实现。

闭眼，一愿家人常康健，二愿亲朋工作顺，三愿，额，那个……关于自己的就不

搬上来娱乐大家了。

童话世界前方便是阿尔卑斯震撼，拐弯转到冰道中。

绝对名副其实的冰道，前后左右都是冰川，我们互相扶持着前行，鞋底与冰壁摩擦发出吱吱的响声，小时候冬天河水结冰，去冰上打滑便是这样的感觉。

进入冰洞，几只活灵活现的冰雕熊映入眼帘，它们都是人立而起的样子，姿态各异，最高大的一只双臂合拢，竟然端了不少钱，看来后面跟着的小熊是个富二代了。

我搓搓冻得通红的手进入冰洞深处，里面并不开阔，算个难度系数很低的迷宫，周围的墙壁上每隔几步就是各种各样的冰雕。看它们晶莹剔透的样子实在喜爱，只是洞内温度太低，我们匆匆过了一把爱斯基摩人的瘾就退了出来。

大名鼎鼎的史芬克斯观景台上大雪纷飞，冒着被冻死的危险出去观看，除了近处一些裸露在外的岩壁之外什么都看不见。在这里天地都是一片凉薄的白，唯一的温暖只是自己。

据说晴空万里的时候，从观景台上甚至可以眺望到德国的黑森林以及法国的Vosges山。我去过少女峰的朋友中只有两个遇上了晴天，要想看到传说中的美景，那几率低得堪比黄山上等日出，实在得看造化和缘分。

不过什么都没看到也不觉遗憾，无执着便无烦恼。

晴天来到这里的人也错失了我们现在看到的美景。

山河辽阔、明珠坠地、翠绿艳红是美，天地苍茫、万里冰封、白雪皑皑也是美。

无非失之东隅收之桑榆。

原打算徒步下山，天气原因只得作罢。吃过午饭我们赶着点上火车，积雪已经很厚了，同乘一节车厢的人很多，是一个来自韩国的旅游团，途经松树林的时候车厢内惊叫声此起彼伏，我和Helen面面相觑。

这些韩国大伯大妈们好给面子，抽气声欢呼声一路都没停过。因为实在是太美了。

凝结在松树尖尖枝头上的不单单是雪，温度很低，估计已经结成了冰，隔着车窗望去一片银装素裹，真正是冰雪的世界。

不同的地段雪景还不一样，再冷定的人在这里也无法安然静坐。

半山腰的时候已经可以看到绿色了，云蒸雾笼中隐隐有一角圣洁的白，等到到了山下才算看清。

　　玉骨冰肌、明眸善睐的少女终于肯稍露姿容送别来客了。

　　离开前最后一眼回望。少女慵懒地横卧山巅，如烟玉带飘飘，不觉流泻出大片水绿色的裙裾，那是她的子民牵念爱恋的家园。

　　如果哪天老了，找个山明水秀的地方盖一座红顶的小房子吧。

　　房子四周种满桃树，院子里种些向日葵，春暖花开，馨香遍地，安宁美好。

　　只是现在，还不要停下奔走的脚步，若是你疲了累了，就地找个干净的地方坐坐，告诉自己心中若有安宁，俗世也是世外桃源。

苏黎世

强力蛋的故事

在这里，我首先要讲一个关于两个总是饥肠辘辘的旅人和一个生命力顽强的鸡蛋的故事。

前面提到我们在马德里买过四个鸡蛋，第二天由于小金的加入，原定的两人各两个鸡蛋的分配被打破，最终三人每人一个，有一个便被剩了下来。

后来这个鸡蛋先是跟着我们飞到了马略卡，由于一直没有机会吃，它便又跟着我们飞到了瑞士，最为神奇的是舟车劳顿，它竟然一直没碎，简直可以叫做强力蛋了。

如果真如笑话里所讲，鸡蛋也可以讲故事的话，那么它绝对有可以炫耀的资本。

　　归国前一晚，Helen 跟 Gaétan 去外面独处，走之前给我留下一包面，还千叮咛万嘱咐一定要把那个鸡蛋解决掉。

　　Helen 如此执着地带着它，我自然不好意思说扔掉。

　　离开的那天早上，我早早起来收拾好下楼，打算做煎蛋，可是厨房里没有锅，只得放弃，强力蛋再次躲过一劫。

　　不过在强悍的 Helen 面前，强力蛋的结局注定悲惨，它最终还是被她干脆利落地解决掉了。

　　Helen 曾经说过她是个很随遇而安的人，能够过得了大富大贵的生活，也受得住缩手缩脚的贫穷。

　　为了旅行的奢侈，我们的生活便有些拮据，所以那个鸡蛋她一直舍不得扔。

　　当然，这个鸡蛋的故事再一次震惊了瑞士帅哥。

　　对的，我们就是这样两个疯狂的中国姑娘。

沉醉不知归路

一大早我和 Helen 乘坐火车到达旅行的最后一站苏黎世，它是瑞士最大、欧洲最富有的城市，也是我们归途的起点。

绕着大大的火车站足足转了三圈我们才找到存放行李的地方。

行李不在一身轻，我俩开始到处搜寻美景。

瑞士最为知名的东西大概就是雪山、钟表、军刀和银行了。

说起鼎鼎大名的瑞士军刀，曾经我潜意识里一直都以为是电影里某些人危急关头从靴子里拔出来诸如短匕首之类的武器，精巧、锋利、霸气。

等到在日内瓦街头见到军刀本尊的时候，我当真无语凝噎，的的确确是精巧锋利霸气的样子，看它们在玻璃橱窗里爪牙全开的样子，简直就像《变形金刚》里的小型机器人，不得不承认我又一次见识短浅了。

雪山和花钟我们也都见识过了，就剩下最后的银行，而苏黎世正是瑞士银行业的代表城市。

我们首先去的是火车站附近的博物馆，在里面完全可以体会到钟表、家居、银行的沿革。

这是个很注重记录历史和文化保护的国家，很多东西都被详细地保存了下来，甚至博物馆里还开辟出一间一间的房间来还原早期的家居样貌。

缓缓步入其中，每一样家具都被保存得很好，纤尘不染。

只有这样严谨而又一丝不苟的国家才能够建立得起那样知名的银行吧。

那天天气很不错，出了博物馆，我们沿着利马河随心而走。

抬眼，蔚蓝的不是天，而是视线尽头的远山。

层层远山，层层的蓝，浅蓝、深蓝、乌蓝，生平第一次我觉得那山啊原来也可以美得像是绽放的花朵。

午后飘散的云聚在了一起，一朵一朵地挂在半空，挂在远山，挂在树梢，挂在屋顶，挂在了我们的心上。

　　并不是很白的云彩，中央颜色较深，只是正因为颜色深才更显离我们如此近，仿佛只要伸手就能摘一朵带回遥远的故乡。

　　一路从河东绕到河西，带着穷人的谦卑从银行林立的班霍夫大街一路走过，我俩从超市买了些酸奶面包，随便选了个地方享受瑞士的最后一顿下午餐。

　　身前是河水，微风吹皱水面，粼粼波光在太阳的照射下闪着金色的光芒；身后是人来人往的街道，估计其中百分之八九十都是腰缠万贯的巨富；而近在身边的是一个唱歌的街头艺术家，他的声音特别磁性，陶醉地唱着自己编纂的歌曲，眉梢眼角尽是温柔。那样深情的样子，那样迷人的嗓音，明显迷倒了很多路人，他面前的吉他盒里面已经放了不少钱。

　　有美景有音乐有知心朋友，那样的用餐环境简直可以说是五星级了。

　　我们吃着最为简单的东西心中却是满满的幸福感。

　　在这条世界上最富有的大街上，风餐露宿的旅人突然也觉得自己成了世界上最富有的人。

　　是啊，有时候幸福当真来得如此简单。

　　今夜我将带着满满的回忆离开。

　　谢谢你今天展现的美。

　　再见，苏黎世。

你是颜色不一样的烟火

大学有个舍友，很优秀的女孩子却总不自信，而且喜欢独来独往。明明是鲜衣怒马的年纪，她却很少跟大群人热闹嬉戏。不知道的人只当她清高无法亲近，只是关系处得深了才明白，外表冰冷如霜不过是因为一颗心过于火热。

她说，一个人独行自在，两个人也不错，三个人就不行了，因为她总会是被冷落的那个。

她其实是个很幽默的人，跟她一起，我总会被逗得前仰后合，偏生正是这样的人会说出那样让人心疼的话来。多情才会敏感，因为太过珍视，所以才小心翼翼地害怕失去。

她的顾虑，我懂，我想，很多人都懂。

人是矛盾的存在，有时候向往清静，却又害怕孤独。所以这一生，你总会对那少有的几个挚友珍而重之，若是少了这几人也许内心会被荒芜吞噬。

朋友不在多，而在精，这样的存在是救赎。

可幸，此行路上，我的救赎就在身边。

其实论性格，Helen 跟我极其不同，甚至可以说是两个极端。她是那种今晚想到要去哪里天明就要打包出发的人。目前为止，她的人生堪称色彩斑斓轰轰烈烈。奇怪的是，这样的姑娘竟然纯真无比，所以，每每因为太过坦诚而在感情的世界里碰壁受伤。

她是我研究生期间认识的第一个人，先前却并不亲近，只因读书期间她总是不知疲倦地奔走在这座城市的各个角落，事业感情风生水起，是不少人茶余饭后欣羡谈论的对象，而我只是偏安一隅，刚刚开始自己编织故事的里程，这样的我们当然无法有过多的交集。

关系升温是因为毕业后的一次网聊，她敲我，才聊了几句就蓦然突兀地说了句，还记得我的小男朋友吗，他不要我了，我失恋了。

男友小她四岁，当时至诚至真苦苦追求，谁知道在她倾心相待之后却于短短的一

年之后轻易变了心。

这段本来就不被大家看好的感情终究还是无疾而终，只是他们之间发生过那么多轰轰烈烈的事情，说来当真惋惜。

后来我便长篇大论故作老成地说一些大家早已说烂了的言辞安慰她，她说理论我都懂，可还是心痛。

我无言以对，对啊，若是劝解安慰能够奏效，这世间何来那么多的痴男怨女。

她说，要不，你写写我的故事吧。

这个邀约实在诱人，因为她的故事当真有那么多可以诉诸文字的桥段，并且不是虚构，那样的真实动人，我不禁心动，说，好。

就这样，百忙之中她抽空顶着将近四十多度的高温穿越大半个上海来找我，整整一天，从中午到晚上，虽然只是轻描淡写的描述，我却越听越心惊，不禁感慨万千，甚至真想学前人吟哦一句"问世间情为何物，直教人生死相许"。

过了几天，便收到消息说 Helen 只身去了云南和柬埔寨，理由很简单：她有一段往事，有一个秘密，要如《花样年华》里的周慕云一般说与树洞听。

风一般的女子，坚强、独立、果敢、遗世独立，只是在爱情上颇不如意。难道月老也是孩子心性，硬要让如此优秀的她饱受磨难才能够觅得良人吗？

于是，我决定，在我的故事里给她安排一段如她本人一般明艳的爱情。

我绝对相信最初那个少年曾经深爱 Helen，所以才会那么执着而又小心翼翼地争取，迫不及待地把她带入他的世界，规划两人的未来，只不过终究还只是少年心性，好奇心过后到手的爱情如同玩偶般不负责任地随手丢弃。

最终，她跻身全新的世界，身边满满的都是因他认识的人，只是带她来的那个人就那样无情地抽身退却，全然不能用负责任可言。

人心就是这么奇怪，得不到的时候死缠烂打，仿佛没了谁生命就无以为继，得到了却又往往不去珍惜，弃之如敝屣。

不过走得干脆也好，至少不至于荒芜了别人的整个人生。

作为一个旁观者，我无权评判这个少年，也许于他而言，只是在有资本任性的年龄又任性了一把而已。感情无关乎对错，只有无法计算的得失。

其实间接说来，我还该感谢这个少年。因为 Helen 之所以会计划这次西班牙之行完全是因为一个朋友的邀请，而这个朋友正是通过前男友认识的杰睿，我也是因为他们的分手才跟 Helen 关系日益亲厚，还跟着她踏上了旅途。

昨日种种均是今日之因，而今日种何尝又不是明日之由。

若想明日安乐，更要务必珍重此时此刻。

其实，旅途开始的几天，对于 Helen 的魔鬼摧残，我颇不适应，有时甚至心生怨气。

睡机场，睡大巴，节衣缩食，为了节省路费，我的双脚都要走废了，作为一个同行者，她是如此的不通情理。这时的我全然不顾一切行程都是她安排的，还有当时央求同来时的迫切，只是满心的委屈。

所以在马略卡岛上跟大部队见面后，跟人聊天总会时不时吐露自己一路被摧残的经历，不过当时的话都已经是玩笑了，因为在巴塞罗那的最后一夜我已经彻底迷恋上了这样疯狂的旅行。

庆幸，人生的第一场暴走，陪在我身边的是你。

整个旅程，你教会了我如此多的东西。

我终于明白你的世界是如何运行。

为了追求完美，你带了大包小包的衣服首饰过来，只是不想辜负这美好的时光与风景。

这样没有什么不好，人一辈子只能年轻一次，我明白，你只是不想留有遗憾。

我曾经那样羡慕你丰富多彩的生活，恨不能把你走过的路都重新再走一遍。

是的，因为你，我改变的愿望才如此迫切。

改变，从体验他人的人生开始。路有千万条，适不适合总得亲自体验过才知道。

我们总是觉得栅栏外的芳草更加翠绿，总是觉得别人的人生更加精彩。其实生活这东西如人饮水冷暖自知。选一条适合你的新道路，要先从换位思考，理解别人开始。

如此种种，也算捷径。

这一次，你我同行，我们走过了同样的路，我终于走进了你的生活。

现在，我已知晓，一样的路不一样的人走会邂逅不一样的故事，一样的风景不一样的人看是不一样的风情，你的人生我无法复制，纵使能也没有任何意义。

你就是你，是颜色不一样的烟火。

我只是我，也无需再强加自己任何颜色。

后　记

2013 年，我的象牙塔生涯结束，并且在这一年，我即将迎来生命中某个特别的生日。

这场旅行既是我送给自己的毕业礼物也是生日庆祝。

如书中所言，人生的前二十几年，我是个绝对的宅女，生活乏善可陈，这段旅行经历于我而言是目前为止的唯一，所以我格外珍重。

毫无疑问，它是盛大绚烂的，纵使中文博大精深也难以做到完全将之生动传神地描摹出来。

在至美的事物和至深的感情面前文字往往苍白无力。

有人说，旅行是一场修行。

那么，那些美好的景色，那些美好的相遇，那些美好的人都是值得我虔诚膜拜的。

对文字的喜爱几乎是种与生俱来的感情，在岛上的时候，大家都称呼我作家，从刚开始的尴尬到无奈再到后来的感动。

还记得跟 Jack 出去，每每对熟识的朋友介绍我是队伍中的谁谁时，他总会骄傲地

加一句她是个作家，就如刚到的时候 Helen 就如此骄傲地把我介绍给大家一样。

作家于我而言是神圣的，现在的我并没资格获得如此称呼，只是大家这样喊我，明显是带着欣赏和鼓励的。

一起玩的时候他们都会问，你会把我们的故事写出来吗？

我点头，他们明显欣喜。

作为一个听故事和写故事的人，我无疑是幸福的，这份幸福源于大家的毫无保留的信任。

写下这一切的同时我也在编织自己的故事。

无论是旅行，还是故事，它们都只是刚刚开场，还远远没有结束。

精彩是今天，更在明天。

好的故事永不落幕。

这，我坚信。

图书在版编目（ＣＩＰ）数据

最好的风景在路上 / 唐城景著 . —北京：中国言实出版社，
2014.6

ISBN 978-7-5171-0633-3

Ⅰ．①最… Ⅱ．①唐… Ⅲ．①游记—作品集—中国—
当代 Ⅳ．① I267.4

中国版本图书馆 CIP 数据核字 (2014) 第 131905 号

责任编辑：陈昌财

出版发行 中国言实出版社
　　　　　地　　址：北京市朝阳区北苑路 180 号加利大厦 5 号楼 105 室
　　　　　邮　　编：100101
　　　　　编辑部：北京市西城区百万庄路甲 16 号五层
　　　　　邮　　编：100037
　　　　　电　　话：64924853（总编室）　64924716（发行部）
　　　　　网　　址：www.zgyscbs.cn
　　　　　E-mail：yanshicbs@126.com
经　　销 新华书店
印　　刷 北京市玖仁伟业印刷有限公司
版　　次 2014 年 8 月第 1 版　　2014 年 8 月第 1 次印刷
规　　格 787 毫米 ×1092 毫米　1/16　印张 13
字　　数 221 千字
定　　价 38.80 元　　ISBN 978-7-5171-0633-3